Serie Daniel Ros 4

La sombra del delator

Jordi Sierra i Fabra

1

Justo al doblar la esquina y encontrarme en la callejuela que conducía a la Residencia Aurora detuve el mini.

Contemplé el lugar, y me asaltó una de esas raras taquicardias que suelen coincidir con mis peores instintos y mis momentos más bajos. Fue repentina. Un golpe.

El lugar era agradable, la casa no. La Ronda de Dalt había cortado hacía años la zona, partiéndola en dos, de forma que a los pies del Tibidabo sobrevivía una parte con algo de verdor y árboles y al otro lado del tajo formado por la cinta de asfalto nacía lo peor de la ciudad, casas un tanto feas, restos de las expropiaciones de fines de los 80, cuando todo cambió con la Olimpíada como nuevo horizonte.

La casa quedaba algo hundida, era vieja, se diría que incluso precaria. Necesitaba una reforma, pintura, cariño. Mucho cariño. Por detrás se veían árboles. Eso era lo único agradable. El rótulo parecía demasiado pomposo: Residencia Aurora.

Ni aquello era una aurora ni tenía muchos visos de ser una residencia.

Me quedé sentado en el mini unos segundos, a pesar del calor del verano y de que no tengo aire acondicionado. Siempre he pensado que ponerle aire acondicionado a un mini 1000 de la década de los 70 es como pretender hacer un cubito de hielo en el congelador por la vía rápida. Así que paso calor.

Mis sensaciones, el desagrado, la incomodidad, todo se acentuó al ver más y más aquel edificio.

No tengo nada contra las residencias de la tercera edad. Son necesarias. No tengo nada contra los geriátricos. Cumplen una función social. Y aunque tengo mucho en contra del sistema, pienso que no siempre es malo y que a veces puede incluso llegar a ser moderadamente adecuado. Bueno, eso lo pienso en momentos de franco optimismo, que para algo soy Leo.

Pero la Residencia Aurora no tenía nada que me inspirase optimismo.

Decidí no perder más tiempo. Bajé del mini, lo cerré —es una pieza de museo—, y caminé hasta la entrada de la casa. Una vez en ella, y creo que sabiendo lo que iba a encontrarme al otro lado, llené mis pulmones con el tórrido aire estival y pulsé el timbre.

Era de campanilla. Sonó muy fuerte en el interior, como para avisar a quien fuese y por lejos que estuviese, que alguien estaba llamando. No tuve que esperar mucho. Al otro lado alguien corrió un cerrojo y le dio la vuelta a una llave en la cerradura. Fue lo primero que me sorprendió: las medidas de seguridad. ¿Creían que los ancianos iban a fugarse por la noche?

La mujer que apareció en el quicio tendría unos 50 años, rostro ajado, endurecido, bolsas bajo los ojos y labios rectos. Un sesgo implacable en mitad de sus facciones. Parecía fuerte, brazos firmes, manos grandes. No tuvo ni siquiera tiempo de preguntarme quién era yo y qué quería, porque por detrás de ella, intentando sacar la cabeza como fuera, apareció una segunda mujer, menuda, rostro bondadoso, piel apergaminada y apenas un poco de carne sustentando los huesos que constituían el soporte de su geografía humana. No supe calcularle la edad, porque los ancianos son eternos, infinitos. Tanto daba que tuviera 80, 90 o 100. Sus ojos los decían todo: destilaban tiempo y amor.

—¿Es mi hija? —preguntó.

—No, señora Encarna —el tono de la mujer que había abierto la puerta fue seco—. No es su hija.

La señora Encarna no cambió de expresión. Mantuvo la dulzura esperanzada de su mirada. La centró en mí, y después en el mundo abierto tras aquella puerta cerrada con llave. De nuevo pude escuchar su voz al suspirar:

—Hoy vendrá. Seguro. Hoy sí.

—¿Quiere hacer el favor de callarse? ¡Y apártese de la puerta, pesada, que todo el día está igual!

No me gustó que le hablase así.

No me gusto nada.

—¿Qué desea?

—Buenos días, mi nombre es Daniel Ros. Soy periodista.

A ella no le gustó que yo fuese periodista. Por eso se lo dije, porque sabía que no iba a gustarle.

No se apartó de la puerta. Me miró de arriba abajo, calculando ella sabría qué, y tardó en hacer la siguiente pregunta. Tanto que le ahorré la molestia.

—Tengo una cita con el señor Juan Bárcenas.

—¿Una cita?

Tampoco me gusta la gente que va repitiendo todo lo que dices, estúpidamente.

—Se hospeda aquí, ¿verdad? —emplee lo de "hospedar" como deferencia.

—Sí, pero...

—El señor Bárcenas me llamó por teléfono ayer por la tarde. Me pidió que viniera a verle esta mañana, a esta hora.

—¿Por qué?

—No lo sé, señora.

—¿Es usted pariente suyo, amigo...?

—No le conozco de nada

Creía que iba a preguntarme "¿Entonces por qué le llamó?", pero se limitó a considerar la situación un par de segundos más, como si hubiera algo que considerar, y luego se apartó para que yo pudiera entrar en la casa. La señora Encarna me sonrió con tanta ternura, que tuve ganas de abrazarla y darle un beso en la mejilla.

Me pregunté cuanto haría que nadie la abrazaba y le daba un beso en la mejilla.

—Mi hija es muy buena, ¿sabe? —me dijo.

—Claro, señora Encarna —le sonreí.

La mujer que había abierto la puerta la cerró. Con llave y con la balda. El ruido de esta última venía a ser como una sirena de alarma. Si alguien la corría, seguro que se escuchaba desde toda la residencia.

—Venga por aquí.

Dejamos atrás a la señora Encarna, que se quedó junto a la puerta, apoyada en la pared, sin poder ver el exterior, a la espera de aquella hija suya que tal vez...

—¿Hace mucho que no viene a verla?

—Ya ni lo recuerdo —la mujer se encogió de hombros—. Muchos los dejan aquí y si te he visto no me acuerdo. ¿Qué quiere? Trabajan, andan ocupados. Saben que están bien y se despreocupan.

Lo de que estaban bien se me atravesó en la mente.

En mi vida había estado en una residencia de la tercera edad, pero no soy idiota. Se cual es la diferencia entre un hogar y un cuchitril, entre un espacio cómodo y confortable y un almacén de despojos. Aquello era un almacén de despojos. Seguí a la mujer por un pasillo oscuro con habitaciones a ambos lados. Lo que vi me hizo estremecer. El lugar era deprimente y olía mal. No sólo a vejez, sino mal, a falta de higiene y un mínimo de atención. Un par de puertas abiertas me revelaron estancias angostas, con cuatro y dos camas respectivamente y una parquedad ambiental absoluta. Paredes desnudas y desconchadas, suciedad, ropa tirada por el suelo. Si alguien había dado el permiso necesario para que aquello se convirtiese en un geriátrico, su error había sido mayúsculo. O su desidia. La administración carecía de plazas suficientes para dar asistencia a sus mayores, así que se llegaba al "todo sirve". Pero la Residencia Aurora no servía. Ni para una emergencia.

—¿Es usted la encargada?

—No, soy la dueña. Eulalia Ramos.

Yo era la novedad del día. Sentí aquellos ojos llenos de historia detenidos en mí, tan abstractos ahora como radiantes debieron de ser en otro tiempo. Escuché una voz:

—¿Es el nuevo médico? Ya sería hora. Llevo una semana sintiéndome fatal.

La dueña de la residencia taladró al que acababa de hablar con la mirada. Interprete un "luego hablaremos" que me dio escalofríos. Se volvió hacia mí y, con cautela, me dijo:

—Ni caso. Se quejan siempre, ya sabe.

No, yo no sabía, pero opté por callar.

La casita era alargada, así que desembocamos en la parte de atrás, que daba a un pequeño jardín, o lo que en otro tiempo había sido un jardín. Ahora estaba como la casa, sucio, lleno de maleza. Un par de mesas de plástico y media docena de silla formaba el mobiliario. Con los achaques y las dificultades para caminar, dudo de que alguno de los ancianos y ancianas se aventurase a pasear salvo que quisieran acabar en un hospital con una cadera rota.

Aunque a lo mejor fuese la única forma de salir de allí.

Llegamos a nuestro destino. Una puerta cerrada. Eulalia Ramos se detuvo ante ella y llamó con los nudillos.

—¿Señor Bárcenas?

Esperamos.

Hasta que repitió la llamada, un poco más fuerte.

—Señor Bárcenas, han venido a verle. Dice que usted le llamó. Es el señor...

—Ros, Daniel Ros.

—Es el señor Ros.

El silencio se mantuvo.

La dueña de la residencia ya no esperó más. Con gesto de fastidio, como si nadie pudiese ser sordo, y menos un viejo, giró el pomo de la puerta y la abrió.

El resto fue como si el mundo se congelase los tres segundos previos a su gemido.

—¡Oh, Dios...!

El hombre estaba muerto, muy muerto, cara de espanto, ojos abiertos, manos agarrotadas. Y por si había alguna duda de que su fallecimiento no había sido por causas naturales, la ventana, que daba al jardín, estaba rota y forzada, con los cristales caídos hacia adentro.

2

La Residencia Aurora se había convertido en un infierno.

Viendo a los policías arriba y abajo, como elefantes en una cacharrería, sentí aún más lástima por los habitantes de aquel microcosmos, condenados a la oscuridad justo en lo que debía de ser la luz de sus días, los años de paz, recogimiento, recuerdos y bienestar. Ni siquiera me alegró ver aparecer a Paco Muntané, mi mejor amigo, de acuerdo, pero también inspector de policía.

Su cara fue todo un poema.

—¿Qué estás haciendo aquí?

—No lo sé —reconocí.

—Fantástico.

—Te lo digo en serio. Ese hombre, el muerto, me llamó ayer por la tarde. Según él, tenía una historia que contarme. Algo importante. Insistió y...

—Ya sé: tu instinto.

—Eso.

—¿Te dijo por qué te quería a ti?

—No.

—Sería un fan.

Hicimos el camino de la penitencia, es decir, desde la entrada hasta la habitación del muerto. La llegada de Paco hizo que todo el mundo pareciera más activo. Uno de los suyos le pasó el primer informe oral:

—Cualquiera pudo entrar por ahí —señaló la ventana rota—. No es muy alta, como puede ver. Basta con sentarse en el alféizar y pasar primero una pierna y luego otra.

—¿Le ahogaron? —Paco Muntané señaló la almohada que estaba siendo examinada por los expertos.

—Sí, con ella.

—¿Para qué querría alguien matar a un viejo hacinado en este lugar?

Paco me miró a mí, y yo miré al muerto. Me fijé en las manos cuidadas. Fue un detalle. No pude precisar ni la edad ni... En la habitación había una mesa, una silla y un armario. La bolsa con la ropa de Juan Bárcenas estaba sin deshacer. Me acerqué sin tocarla, sólo para ver qué clase de ropa llevaba en ella.

Lo primero que vi fue una marca: David Valls.

Metí la mano y escudriñé un poco más. Mi primera certeza se confirmó: la ropa era buena. Más que buena. Ropa cara.

—Los viejos están en el comedor, hasta los que no pueden moverse, y muy nerviosos. Desde luego nadie ha visto nada.

El policía que acababa de hablar se encontró con los ojos de Paco.

—¿Qué? —vaciló.

—Ancianos, Rodríguez.

—Ah, bueno.

No se quedó muy convencido. Cosas de la edad, porque el tal Rodríguez andaría por los treinta y parecía muy Rambo él. Paco empezó a deprimirse exactamente igual a como yo lo había hecho.

Regresamos a la entrada.

El despacho de Eulalia Ramos estaba junto a la puerta que daba al exterior. Otro policía más intentaba retirar de allí a la señora Encarna, que debía haberse escabullido del comedor para mantener su perpetua vigilia.

—Es que va a venir mi hija, ¿sabe usted?

—Si viene, ya la avisaremos, señora. Pero ahora debe ir con los demás.

—Mi hija se llama Dorotea, pero la llamamos Doro. Es una buena chica —los ojillos de la señora Encarna chisporrotearon—. Y eso que ha tenido mala suerte, pero...

El policía la conducía pacientemente. A su lado, la señora Encarna se veía menuda, una imagen de cristal a punto de romperse. Vestía una bata que debió de conocer tiempos más gloriosos y que tal vez no se hubiera lavado en un mes.

Eulalia Ramos no estaba en su despacho. Paco envió a otro agente a buscarla. La estancia tenía una ventana que daba al exterior, a la calle en la que yo tenía aparcado mi mini y que ahora rebosaba de coches de policía. No faltaban los primeros curiosos, aunque todavía no había aparecido la televisión. Cosa rara. Un asesinato en un geriátrico del infierno tenía morbo. Como detalle me fijé que el teléfono era viejo, de los antiguos, para discar los números, y que tenía puesto un candado.

—Dios, Dan, ¿qué clase de lugar es este? —me susurró Paco—. Tengo las tripas revueltas.

—¿No has oído hablar de las residencias piratas para ancianos? Son legales, ¿no es asombroso?

—Ya, pero...

—Es sencillo, hombre. No hay plazas para los viejos y así salen estas estaciones terminales, porque no son otra cosa. Las hay en toda España. Les cobran la pensión íntegra, les vampirizan, juegan con su soledad... Esa gente no tiene nadie, ni pueden ir a ninguna residencia o asilo decente. Han de meterse en alguna parte.

Dejé de hablar cuando Eulalia Ramos apareció por la puerta, nerviosa. Lo primero que hizo fue mirar si habíamos tocado algo. Rodeó su mesa y desde allí se enfrentó a nosotros. No tuve que hacer ninguna presentación porque no era el caso. Paco le dijo quien era, le pidió que se sentase, y nosotros hicimos lo mismo en las dos sillas frontales. Creía que mi amigo me largaría, por aquello de que yo era un periodista y él la ley, pero por una vez yo estaba metido en el ajo y no dijo nada. Me alegré.

Lo último que había hecho Juan Bárcenas antes de morir había sido llamarme. Y quería saber por qué.

Bueno, lo último no: lo penúltimo. Lo último había sido verle la cara a su asesino.

—Mire, esta es una casa seria, limpia y respetable —quiso dejar bien sentado la dueña de la residencia—. No tenemos lujos, siempre andamos escasos de medios, el nivel de los ancianos y las ancianas es muy bajo, pero cumplimos un bien social, que es lo que cuenta.

Paco Muntané pasó por encima de su primera defensa.

—¿Qué sabe del muerto, señora?

—No mucho, la verdad —el tono se hizo austero, recuperando la frialdad y distancia habituales—. Llegó ayer a primera hora de la tarde.

—¿Ayer? —se extrañó Paco.

—Me llamó hace un mes. Quería saber si tenía una plaza libre. Le dije que no, pero que le avisaría el primero. Y le avisé. Anteayer enterramos a una señora.

—¿Por qué el primero?

—No sé... —hizo un gesto vago—. Le vi muy interesado. Decía que le gustaba la zona, que le traía recuerdos de la infancia.

—¿Así que le cobró más?

—Yo no soy la Seguridad Social —se envaró—. Cada cual, aquí, paga lo que puede. Y si uno tiene más, mejor para los otros.

—¿Conocía de algo al señor Bárcenas?

—No, de nada. Y tampoco le hice preguntas. Me rellenó una ficha y ya está. Pagó tres meses por adelantado y quedamos que hoy haríamos el resto del papeleo. Por lo general, aquí nos ocupamos de todo, de cobrarles la pensión para que vivan tranquilos...

—¿Tenía familia? —continuó Paco.

—Una sobrina, ¿ve? —nos puso la ficha delante—. Mercedes Sanz, señora de Víctor Eguilaz. Ahí están sus señas.

—¿Y ésta dirección?

—La casa del señor Bárcenas.

—¿Tenía una casa?

—Bastante de nuestros ancianos y ancianas tienen un piso, y lo conservan. El alquiler es bajo y así se sienten mejor, piensan que aún tienen algo. A veces incluso pasan alguna noche en sus casas. Su miedo siempre es la soledad, caerse, hacerse daño y que nadie les encuentre hasta después. No sé si me explico. No todos malviven de una pensión que apenas si les da para nada.

—¿Así que el señor Bárcenas tenía un piso en el centro y quiso venir aquí? —quiso dejar bien sentado Paco.

—Sí.

Parecía asombroso, pero no lo expresó en voz alta. Yo recordé la ropa cara, y las manos cuidadas. Juan Bárcenas encajaba en la Residencia Aurora como un pingüino en el Sahara.

—¿Esto siempre ha sido una residencia? —pregunté yo.

—No, antes fue una pensión, pero al construirse la Ronda quedamos algo descolgados y... bueno, cambiamos. Ya le he dicho que no es un hotel de lujo pero cumplimos con un bien social. Una vez a la semana viene un médico, y para emergencias tenemos...

—¿Cuanta gente hay aquí? —la interrumpió Paco.

—Diecisiete personas además de María y yo.

—¿Quién es María?

—Me ayuda, limpia, vigila. Todo eso.

—¿Tiene fichas de todos los huéspedes?

No sé si Paco dijo lo de "huéspedes" en tono enfático o qué, pero no le presté demasiada atención porque en ese momento, por la ventana, vi algo extraño: un hombre joven que había doblado la esquina de la calle con una moto, con el casco colgado del codo, frenó más que en seco al ver el despliegue policial frente a la residencia. Tardó menos de un segundo en dar media vuelta y marcharse a toda prisa.

Volví a centrar mi atención en Eulalia Ramos, y en Paco, que estudiaba las fichas de los "huéspedes".

—¿Las habitaciones son todas individuales como la del señor Bárcenas? —preguntó mi amigo.

—No, hay dos con cuatro camas, tres con dos y cuatro con una, una de ellas ocupada por María. El resto lo forman el comedor, la sala de la televisión, la cocina, dos baños, este despacho, un pequeño almacén y el patio posterior para pasear y tomar el sol.

—¿Dónde vive usted?

—Arriba, hay un pequeño piso. Es mi casa.

—Ayer, cuando llegó el señor Bárcenas —intervine yo—, ¿le pareció inquieto, extraño, asustado...?

—Nada de eso. Era un hombre serio, tranquilo, educado.

—¿Qué hizo al llegar?

—Se instaló en su habitación, luego dio una vuelta por la residencia y nada más. Ni siquiera cenó con el resto. Dijo que no tenía hambre.

—¿No habló con nadie?

—No lo sé. Ni siquiera sabía que le había telefoneado a usted. Algunos de mis ancianos y ancianas tienen dificultades para moverse y no rigen muy bien de aquí —se tocó la cabeza con un dedo—. Por eso cierro la puerta con llave. Si quieren salir, han de hacerlo con María, salvo que puedan valerse por sí mismos y quieran ir a sus casas, por ejemplo. Me refiero a los que las conservan.

—Más de la mitad las conserva —hizo notar Paco.

Eulalia Ramos no dijo nada.

—¿Conservan ellos las llaves de sus casas?

—No, yo lo guardo todo. Es mucho mejor. Así no pierden nada.

—¿A quién pertenece este teléfono? —señalé un número en la ficha de Juan Bárcenas.

—Veamos... Ah, sí. Es del despacho del marido de su sobrina. Creo que el señor Eguilaz es un industrial. Si pasaba algo y no localizábamos a la señora Mercedes había que llamarlo a él. Yo siempre pido el mayor número de datos posible.

Me aprendí la ficha de memoria. Las direcciones y los teléfonos. Ventajas de mi trabajo. Paco había terminado ya su interrogatorio.

—No llame a la sobrina del muerto. Quiero darle yo la noticia.

—Desde luego.

—¿Puede darme las llaves del piso del señor Bárcenas?

—No es usual... —la mujer vaciló sólo un segundo—. Quiero decir que debería dárselas a la familia, claro, pero... —acabó rindiéndose a la evidencia—. Bueno, supongo que lo importante es colaborar, ¿verdad?

Le puso las llaves a Paco en la mano.

Y eso fue todo. Por el momento.

3

María estaba mucho más nerviosa y preocupada que la dueña de la residencia. Era una chica joven, veintitantos, fuerte y con suficiente peso como para lidiar con todos los habitantes de aquel entorno espectral. En su cuerpo todo eran redondeces y firmezas, manos grandes, brazos y piernas rotundos, pero el rostro aniñado la traicionaba desarmándola. Era guapa, de rasgos aceitunados, andaluces, ojos grandes, labios carnosos, cabello muy negro. Lloraba y tuvo que hacer esfuerzos para responder a las preguntas de Paco.

—¿Qué voy a saber yo, pobre de mí? Vi al señor ese ayer, cuando llegó, y como era el primer día que estaba aquí y era muy educado y muy amable... Preguntó si podía cenar en la habitación y la señora Ramos le dijo que sí. Las primeras noches lo pasan mal, ¿sabe usted? —la cara de pena reflejó lo que sentía—. Se sienten solos, extraños. A lo mejor nunca han dormido fuera de sus casas, de sus camas, y de pronto...

—Pero volvió a verle cuando le retiró la bandeja o lo que fuera que le llevó, ¿no es cierto?

—Sí, después, cuando acabaron de cenar los demás. Siempre hay alguno que se hace de rogar, otro que protesta porque no le gusta algo... Así que lo hice al terminar de recoger.

—¿Notó algo raro?

—No. Me dijo que todo había estado muy bueno y me llevé la bandejita. Ya ve usted si era amable.

Captamos la idea.

—¿Ya no volvió a salir de la habitación?

—No que yo sepa.

—¿A qué hora se fue usted a la cama?

—A las doce y media. Aquí a esa hora les apagamos las luces. Nada de trasnochar más, aunque por la mañana no se les obliga a levantarse a una hora fija. Ninguno tiene televisión en su habitación, ni los que tienen una individual. Además, yo madrugo.

—Tiene usted mucho trabajo —intervine yo.

—Ya puede decirlo, ya —asintió con la cabeza de arriba abajo—. He de limpiar, hacer la comida y la cena, recoger, lavar... De todo me ocupo yo, ¿saben? Antes había otra chica, pero se fue al empezar el verano y ahora estoy sola. La señora Ramos me dijo que en septiembre ya tendría ayuda, pero que de momento...

—¿Qué hacía el señor Bárcenas cuando le dejó usted?

—Nada. Estaba sentado en la silla de su habitación, mirando por la ventana.

Parecía un camino cerrado. Paco Muntané le advirtió lo habitual, que si recordaba algo, por insignificante que fuese o nimio que se le antojase... María, superada la calma de su declaración, empezó a llorar de nuevo, apretándose las manos víctima de los nervios.

—Si esto es un disgusto que no sé yo si...

—Cálmese —Paco le palmeó el hombro.

—¿Pero cómo vamos a dormir aquí esta noche? —se alarmó ella un poco más—. ¿Y si el culpable es uno de esos asesinos en serie de los que siempre hablan?

—Esto es en las películas americanas, tranquila.

Salimos hacia el exterior. La señora Encarna volvía a estar en la puerta esperando a su hija Doro. Me fijé de nuevo en aquel teléfono con candado del despacho de Eulalia Ramos. Una vocecita interior me gritó algo, pero no pude escucharla. Pasé del tema y seguí a Paco hasta el coche.

—¿No vas a interrogar a los ancianos? —me extrañé.

—De momento no. Sé lo que me dirán. Ya leeré el informe después —señaló la residencia—. No van a moverse de aquí.

—No seas cruel —le reproché su insensibilidad.

—No soy cruel —hizo un gesto de fastidio—. Es que tengo el estómago revuelto.

—¿Puedes hacer que se le caiga el pelo a la tal señora Ramos?

—Cuando acabe la investigación es posible. Ese gueto no resiste la menor inspección, por Dios. O al menos no debería.

Paco se detuvo junto a su coche oficial. Mi mini quedaba a unos diez metros. No hice el menor ademán de ir hacia él.

—Dan... —me advirtió mi amigo.

—He de ir contigo, hombre —me defendí.

—¿No puedes estarte quieto? Ya has memorizado las direcciones y los teléfonos ¿ahora pretendes pegarte a mí? ¿Qué te crees que es esto? Yo soy poli y tú eres un huelenoticias.

Sabía que no me iría. Se resignó.

—No tienes ni idea de por qué te llamó el muerto, ¿verdad?

—No. Sólo dijo que me interesaría.

—Si tuvieras que ir siempre cuando alguien te llama...

—Ya me conoces. Mi instinto. Esa voz, el tono... Pensé que no perdía nada pasándome a verle. Por eso he de ir contigo a su piso a echar un vistazo.

Sabía que iría de igual forma, por mi cuenta, y que me metería dentro como fuese. Paco prefirió estar presente y ahorrarme —o ahorrarse—, complicaciones. Se rindió y entró en el coche. Yo hice lo propio por la otra puerta. Arrancó y se marchó de allí sin mirar atrás. Apenas hablamos mientras descendíamos hacia el centro de Barcelona, en dirección al Ensanche. Un par de comentarios triviales acerca de sus hijas —yo soy su padrino— y de su mujer, Pepa. Tenía que ir a cenar el sábado. Desde mi divorcio estaba adoptado a perpetuidad.

4

Juan Bárcenas vivía en un edificio que poco o nada tenía que ver con la Residencia Aurora. Se correspondía más con su ropa, y con el cuidado de las manos. El inmueble era solemne, antiguo, con clase. No había portera, así que subimos en el ascensor hasta la cuarta planta. Paco abrió con las llaves del muerto. Lo primero que notamos fue que la casa no parecía ni mucho menos cerrada o abandonada. Como mucho, era igual que si el dueño se hubiese ido a pasar el fin de semana a alguna parte. La nevera funcionaba en la cocina, y ni el gas ni el agua habían sido cortados. Fue lo primero que comprobó Paco. Yo hubiera hecho lo mismo. Sin hablar, sintonizábamos a la perfección y sumábamos los detalles evidentes del caso.

Juan Bárcenas no había ido a la Residencia Aurora para quedarse.

Quise abrir algunos cajones por mi cuenta, pero mi amigo no me dejó. Dispuesto a no perderme de vista, me habría puesto las esposas para encadenarme a el, así que le evité el palo. Juntos examinamos sin prisas los puntos neurálgicos del piso, especialmente un despacho, la sala de estar y la habitación. El buen gusto era evidente, demasiado evidente. Detalles caros, piezas de cierto valor, alguna antigüedad, cuadros, muebles...

Encontramos un par de cuentas bancarias. Doscientos cincuenta mil euros en una, treinta y siete mil en otra. También dos fondos de inversión, uno de cuarenta mil y otro de cincuenta y cinco mil euros. Paco y yo volvimos a mirarnos. Bárcenas habría podido ir a la mejor de las residencias en caso de sentirse en las últimas. Incluso podía haber comprado la escogida por él y en la que acababa de morir.

Nos concentramos en las fotografías. Todas ellas, depositadas en mesitas o aparadores, eran antiguas, como de cuarenta años antes más o menos, difícil saberlo a ciencia cierta. Las imágenes mostraban al dueño de la casa, mucho más joven aunque ya maduro, treintañero o casi cuarentón, con una mujer muy guapa, extraordinariamente guapa, y también a un niño pequeño. No las vimos posteriores a esa etapa. Como mucho, el niño dejaba de existir en imagen a los tres años. Ninguna parecía ser posterior, y mucho menos actual.

El tiempo se había detenido en aquellas fotos.

Lo último fue lo más evidente: el contestador automático. Un único mensaje nos hizo escuchar la voz de una mujer. Hablaba desde la ansiedad y el desasosiego:

—Tío, soy yo. Sé que has discutido con Víctor. Por favor, no le des nada. No creo que lo hagas, pero... No es sólo la quiebra, ¿sabes? También hay otra mujer. Ya ha caído hasta el fondo. Se llama Sonia y es artista, ¡santo Dios! —el tono fue de despecho—. Necesito hablar contigo, tío. Llámame.

Salimos del piso de Juan Bárcenas sin hacer ningún comentario. Fuera lo que fuera que quisiera el muerto de mí, seguía siendo un misterio. Mi nombre no había aparecido en ninguna parte. Ni siquiera en la agenda que encontramos junto al teléfono. Además, el mensaje de la sobrina, Mercedes, era alto y claro. Parecía una pista clara. Una quiebra, una amante, dinero...

Por si quedaba alguna duda, Paco me puso una mano en el pecho y me dijo:

—Yo me voy a ver a la sobrina, para darle la noticia e interrogarla. Y voy solo. Ahora sí es trabajo ciento por ciento policial.

—Yo me pasaré por el periódico —le tranquilicé.

—Dan...

—Si averiguo algo te llamo, palabra. Ya me conoces.

—Por eso lo digo, porque te conozco —me amenazó con un dedo.

Le vi caminar hasta el coche, meterse dentro y alejarse. Apenas si había doblado la primera esquina cuando yo volví a entrar en la casa mediante una llamada al cuarto piso segunda puerta, la frontal a la de Juan Bárcenas. Me anuncié como periodista.

Y la mujer que me habló por el interfono me abrió.

La encontré en el rellano al salir del ascensor. Llevaba una elegante bata y se la veía distinguida, con tanta clase como el entorno. Por la puerta abierta de su piso vi detalles de tan buen gusto como los de la casa de su vecino. Me mostró el ceño fruncido y ningún miedo. Lo del ceño lo interprete como curiosidad por mi visita y mi anuncio. Lo del escaso miedo, cuando me ladró un perro enorme recién salido de su recibidor.

—¡Calla, Sultán! —le conminó.

Sultán la obedeció, pero sin perderme de vista desde el quicio de la puerta.

—Disculpe la molestia, señora...

—Martina —no me tendió la mano—. Martina Rius, viuda de Velasco.

—Me llamo Daniel Ros, soy periodista —le entregué una tarjeta.

Al ver el nombre del periódico abrió los ojos.

—¿Es para una encuesta o algo así?

—Me temo que es para hablar de su vecino, el señor Bárcenas.

—¿Le ha sucedido algo? —se envaró con rapidez.

—¿Por que tenía que haberle sucedido algo?

—Bueno...

Intuí que no quería parecer chismosa, así que no perdí el tiempo jugando con ella.

—El señor Bárcenas ha sido encontrado muerto, señora Rius.

Lo soportó bastante bien. Con empaque. Cerró los ojos, respiró con fuerza y se tomó su tiempo para reaccionar. No debía ser amiga íntima de su vecino. Ninguna lágrima. Sólo distancia y respeto. Cuando volvió a centrar la mirada en mí lo que sí estaba era más pálida.

—Lo sabía —anunció.

—¿Ah, sí?

—Después de lo de ayer por la mañana...

—¿Qué sucedió ayer por la mañana?

—Es que no sé sí... —vaciló.

—Hablamos de un asesinato, señora —decidí no dejarla escapar.

Por segunda vez acusó el golpe. Ahora con mayor sensación de sentirlo. Tal vez porque eso perturbaría la paz de su entorno. Debió imaginarse la calle llena de cámaras de televisión y a sí misma agobiada por la prensa sensacionalista.

—¿Se encuentra bien? —me interesé.

—Yo... no le veía mucho, ¿sabe? —reaccionó despacio, sin responder a mi pregunta—. Era un hombre reservado, educado, serio y solitario. Sobre todo solitario. Y discreto. Pero ayer...

—¿Qué sucedió, señora?

—Le oí a él, y a un hombre, peleándose. Gritaban tanto que... Luego supe que era el marido de su sobrina, porque le llamó Víctor. No quise prestar atención, aunque era difícil no hacerlo siendo verano y teniendo las ventanas abiertas. El visitante dijo que acabaría metiendo todo su dinero en la tumba, que era un viejo egoísta y egocéntrico que llevaba más de cuarenta años muerto. El señor Bárcenas le dijo que ya heredaría cuando él falleciera. El otro le amenazó, dijo que su empresa tenía problemas ahora y lo necesitaba ahora. Yo temí... Hubo un momento en que le dijo: "Ojalá le diera un infarto, pero a fin de cuentas no tiene corazón. Ya no". Por último le acusó de darle la espalda a su sobrina y... no hubo mucho más. El señor Bárcenas le pidió que se fuera. El marido de su sobrina lo hizo, dando un portazo. Fue muy violento.

—¿Vio al señor Bárcenas luego?

—No, no señor.

—¿Así que cuando ha dicho que sabía que le había pasado algo malo...?

—Bueno —la mujer me miró con notable serenidad una vez superados sus nervios iniciales—, después de lo que le he contado todo parece evidente, ¿no?

5

Después de lo que acababa de contarme la vecina de Juan Bárcenas, mi siguiente cita no podía ser otra que Víctor Eguilaz, el marido de su sobrina. Una pelea por dinero podía ser un buen motivo para un asesinato, y más si su esposa era la única heredera de Bárcenas. Lo que posiblemente Eguilaz no supiese era que su mujer andaba llamando a su tío para que no le diera dinero.

Aunque todo ello, a fin de cuentas, no justificase qué demonios hacía el muerto en una residencia de la tercera edad.

Tenía un teléfono. Llamé, me hice pasar por mensajero, y me dieron la dirección. Diagonal, zona alta, entre María Cristina y Francesc Macià. Primero fui a por mi coche en un taxi. Sólo quedaba un retén frente a la Residencia Aurora. No quise volver a entrar aunque la campanita de mi instinto seguía repiqueteando en mi cabeza y gritándome que había dejado pasar algo por alto. Llegué a la Diagonal por la Ronda del Mig, metí el mini en un hueco, al sol, y subí en un ascensor de cristal hasta la séptima planta de un edificio de nuevo cuño producto del desarrollismo urbano de los últimos años. No sabía a qué se dedicaba Víctor Eguilaz ni me importaba, pero deduje que se trataba de algo relativo a la construcción por las fotografías a la entrada de las oficinas. Una telefonista-escaparate me hizo esperar a una secretaria-mayordomo que me miró como si le estuviese pidiendo un pasaje en el transbordador espacial para ir a dar una vuelta más allá de la Tierra.

—¿Tiene cita con el señor Eguilaz? —me preguntó sorprendida.

—No, pero dígale que es para algo relativo a su tío, Juan Bárcenas.

No se fue muy convencida, pero por lo menos me tomó en serio y me hizo esperar en una salita. No soy de los que se queda sentado, y más cuando ando investigando algo, así que di un par de pasos hasta la puerta y miré arriba y abajo a la caza de lo que fuera.

Tuve suerte.

La voz llegó hasta mí de forma casual, concreta, imperiosa. Era la de la secretaria-mayordomo. Hablaba por teléfono.

—La señorita Sonia, por favor.

El nombre de la que, según Mercedes Sanz, sobrina de Juan Bárcenas, era la amante de su marido, me hizo contener la respiración. La secretaria de Víctor Eguilaz no tuvo que esperar demasiado.

—¿Señorita Sonia? Soy Gloria —deduje que no era la primera vez que la llamaba—. Sólo es para confirmarle que el señor Eguilaz irá esta noche por El Gallo Dorado, aunque tarde, a eso de las once y media o las doce —hubo una breve pausa—. No, no puedo pasarle con él ahora, lo siento —otra pausa aún más breve—. Muy bien. Gracias, adiós.

No sucedió nada más y mi posición de privilegio perdió eficacia, así que regresé a la salita por si acaso y me senté.

Diez minutos.

Gloria regresó a por mí cuando ya me estaba impacientando. Me invitó a seguirla con una sonrisa elegante y distendida aunque no amigable, porque yo me había salido con la mía, y me condujo hasta el sacrosanto templo donde el jefe impartía ley y orden, o lo que fuera además de trabajar. Víctor Eguilaz era un tipo alto, cuadrado, elegante y serio, de cuarenta y muchos años, cabello abundante y negro peinado para atrás, traje cruzado, anillo con piedra cara en un dedo de la mano y el inefable Rolex centelleando en la muñeca. Se le notaba la clase a una hora de distancia. Me miró con aire circunspecto, cargado de interrogantes, y me hizo sentar en una butaca delante de su impresionante mesa. No debí gustarle demasiado, por la barba y el cabello más largo de lo normal, pero se mantuvo a la expectativa.

—Gloria no me ha dicho su nombre, señor...

—Ros. Daniel Ros.

Frunció el ceño.

—Puede que me recuerde de ahí —señalé el periódico doblado a un lado de su mesa.

—¿Periodista?

—Sí.

—No entiendo. Mi secretaria me ha dicho que quería usted verme para algo relativo a mi tío político.

Lo estudié un poco. Un par de segundos. Luego me dije que lo mejor era ir directo al grano, pasar de jugar al gato y al ratón. Quería ver el efecto que la noticia le causaba.

—¿Ha venido a verle ya la policía? —pregunté sabiendo que no era así.

—¿La... policía? —puso cara de no entender nada.

—El señor Juan Bárcenas ha muerto esta noche.

Lo acusó. La noticia le penetró en la mente y se la abrió en canal.

—¿Qué?

Yo di una nueva vuelta de tuerca.

—Lo han asesinado.

Me miró con grave solemnidad. De hecho yo estaba diciéndole, ni más ni menos, que en estos momentos su mujer era la heredera de una buena cantidad de dinero con el cual podría salvar la empresa. Hubiera tenido que abalanzarse sobre mí para besarme.

—¿Se sabe quién...?

—De momento no. En la Residencia Aurora apenas hay indicios.

Más sorpresas.

—¿Cómo ha dicho...? —volvió a dejar la frase sin terminar.

—¿No sabía que el señor Bárcenas se había ido a vivir a una residencia de la tercera edad?

—¿Está de broma?

—No —le aseguré.

—¿Juan Bárcenas en una residencia?

—Ni más ni menos. Y le aseguro que muy cutre.

—Sería el último lugar del mundo al que hubiera ido, buena o mala.

—Pues lo hizo. Ayer por la tarde.

—No tiene sentido —los ojos se le habían agrandado y andaban perdidos en alguna parte de sí mismo—. Maldito viejo loco... ¿Para qué demonios iba a meterse en un sitio así?

—Esperaba que usted me lo dijera.

—¿Yo? —volvió a centrar su mirada en mí—. Ese hombre era una ostra, cerrado, hermético. Vivía lejos de todo, incluso de su única familia, mi mujer y yo. Ni siquiera entiendo que alguien haya podido matarle, porque no tenía ni amigos desde que se retiró de los negocios hace años. Era un solitario, y se lo repito: estaba loco.

—¿Cuándo fue la última vez que le vio?

—Ayer mismo, en su casa.

—¿Le pareció normal?

—Un poco... nervioso tal vez —hizo un gesto de desagrado—. Ahora que lo pienso me dijo que tenía prisa, y cosas que hacer.

—¿Por qué fue a verle a su casa?

—Asuntos personales.

—Ustedes no se llevaban bien.

Sus ojos fueron ahora dos puñales. Se protegió detrás de ellos.

—¿Qué quiere decir?

—Usted ya lo sabe.

—Teníamos puntos de vista diferentes, nada más. Ya le he dicho que no estaba en sus cabales.

—¿Tan diferentes como para pelearse ayer?

—¿Quién dice que nos peleamos?

—Sus vecinos.

—Vamos, hombre —se echó para atrás en su butaca—. Eso era lo normal.

—Pero su mujer es la única heredera y usted tiene problemas financieros. Esa muerte representa mucho dinero, ¿no cree?

Llegué a mi límite. No iba a besarme por darle la buena noticia. Más bien al contrario. De pronto se daba cuenta de que era el principal sospechoso y de que yo le estaba acusando abiertamente. Eso era como jugar al póker y enseñar las cartas al rival. La cara le cambió, se puso grana. Luego lo hicieron sus reflejos.

Se levantó despacio.

—Haga el favor de marcharse, señor Ros.

—La policía está hablando ahora mismo con su mujer, y ellos se lo preguntarán de otra forma.

—Váyase —me repitió.

No tuve más que mirarle a los ojos. Víctor Eguilaz estaba habituado a mandar, a dirigir, a pisar, no a ser pisado y mucho menos intimidado. Además de darle una grata noticia en caso de ser inocente, yo era periodista. Y eso siempre suele poner nerviosas a las personas.

Especialmente a las personas como él.

Sé cuando sobro, así que me fui.

6

En el periódico no me estaban esperando con cohetes. Nada más entrar por la puerta, Ignacio me hizo una seña en plan cómplice. Miré hacia el cubículo del jefe de redacción y supe que la bronca era inevitable. No soy el más popular de los reporteros.

Carlos también me acababa de localizar.

Decidí no demorar el enfrentamiento. Yo mismo caminé hasta su despacho. Cuando entré no esperó ni tan sólo a que cerrara la puerta.

—¿Se puede saber dónde te metes?

—Trabajando —argumenté.

Carlos y yo somos amigos. Buenos amigos. Pero él es el jefe de redacción y tiene que vérselas con el director, que es un hueso, y más en tiempos de crisis —¿cuándo no lo son?—. La amistad no tiene nada que ver cuando se trata de editar un periódico lleno de cosas cada día.

—¿En qué andas, si puede saberse?

—Un asesinato.

Me miró con algo de respeto, pero no mucho. La amistad tiene esas cosas. Cuando los amigos se conocen demasiado...

—¿Vas a contármelo?

—No hasta que no lo tengo todo.

—Ya.

—Carlos...

—No, Carlos, no. Daniel. Tú. Siempre que tienes algo bueno, o lo estropeas o luego resulta que es menos bueno de lo que parecía. Avánzame algo.

—Un anciano muerto en una residencia geriátrica pirata. Asesinado. Me llamó ayer, me citó para hoy, dijo que quería contarme una historia y cuando he llegado ya estaba frito. ¿Te parece suficiente?

Creo que se lo pareció. Pero no me lo dijo. Mantuvo el tipo.

—Daniel, no me jorobes, ¿vale?

—Dame dos días, hoy y mañana.

—¿Lo escribirás?

—Sí.

Volvió a mirarme con cara de no creérselo, pero se resignó. Movió la cabeza como un padre con su hijo después de que este le haya hecho una trastada y ahí acabó la conversación. Salí del despacho con la mayor de las dignidades y le guiñé un ojo a Ignacio para que viera que seguía de una pieza. Sin embargo no pude llegar a la mesa en la que suelo trabajar cuando estoy en la redacción, que es más bien poco. Carmen se me cruzó en el camino, y no de casualidad.

—¿Mal rollo? —señaló al otro lado de la puerta de Carlos.

—Un poco.

—Si es que tiras mucho de la cuerda.

—A mí me va la calle, ya lo sabes. Y en la calle no siempre consigues lo que quieres chasqueando los dedos.

Carmen era una buena chica. Más que buena. Un ángel. Treinta años, generosa de formas, dispuesta, soltera, sin compromiso, y con el ojo puesto encima mío después de mi separación. Cualquiera se habría aprovechado. Cualquiera menos yo. Claro que lo único que pedía a gritos era una oportunidad, salir, pasarlo bien.

Yo recordaba aquella frase que dice: "no cagues donde comas".

—¿Comerás luego por aquí? —me preguntó.

—No, no creo.

Hizo una mueca y siguió caminando. No era guapa, pero imaginé que debía ser muy mujer. Tuve que hacer un esfuerzo para concentrarme en lo mío. En verano nadie lleva mucha ropa por encima, y ella llevaba lo mínimo e imprescindible. Cuando llegué junto a Ignacio me lo hizo notar.

—Eres un idiota.

—Ya.

—Te lo está pidiendo a gritos, macho.

—¿Tú sabes qué es El Gallo Dorado?

—Se nota que no sales mucho, tío. Pensé que los separados no parabais.

—Pues ya ves.

—Es uno de esos locales que se ponen de moda de la noche a la mañana. Buen espectáculo, bellezas con poca ropa y todo eso. Para ir a tomar una copa bien acompañado o hacerlo solo con la esperanza de pillar algo allí.

—¿Por donde para?

—Paralelo.

Volví a mirar a Carmen. Ella no era periodista, sino montadora. Se ocupaba del dominical. La idea se me pasó por la cabeza y reconocí que era perfecta.

Fui hasta su mesa pensando en la mejor forma de decírselo y acabé comprendiendo que lo mejor era ser directo aunque sin darle demasiadas explicaciones, o me enviaría a la mierda.

—Carmen.

—¿Sí? —me miró con los ojos marrones muy abiertos.

—A comer ya te he dicho que no puedo, pero ¿qué tal esta noche para ir a cenar y luego tomar una copa?

—¿Esta noche?

—¿Tienes algún compromiso?

—No, no, pero como es martes... ¿no iría mejor el viernes o el sábado?

—No puedo.

—Entonces esta noche —aceptó firme—. ¿Dónde quedamos?

—Pasaré a buscarte a eso de las 9, ¿de acuerdo?

Se le iluminó la cara, y los ojos. Imaginé que pasados los treinta es difícil pillar a un tío como no sea un soltero reacio o un separado con la luz verde en la frente. Luego pensé que la idea era machista aunque real, y que yo estaba en el mismo saco justo en el otro lado.

Aunque el mundo estaba lleno de divorciadas con niño esperando recomponer los pedazos rotos de sus vidas con candidatos como yo.

7

La cena había sido correcta, distendida, aunque algo triste. Yo no quería hablar de mi ex, ni de mi hijo, ni de nada que me llevase al infierno del pasado. Pero Carmen sí. Ella quería abrir la herida, tal vez para que me derrumbase, tal vez para actuar rápidamente como médico y ofrecerme los primeros auxilios. Así que para el primer plato ya hablábamos de cosas íntimas y privadas, para el segundo rozábamos terrenos peligrosos y para los postres estuve en un tris de salir corriendo con ella de la mano para ir a su casa o a la mía.

Logré mantener el tipo.

—Estás tan distinto con este look —me insistió por segunda o tercera vez.

—Tampoco es tanto.

Me había recogido el pelo en una especie de coleta. Y llevaba gafas oscuras. Todo para parecer distinto y que Víctor Eguilaz no me reconociera. Lo de las gafas oscuras lo había sacado de los famosos, que las llevan siempre a todas partes aunque sea de noche y esté oscuro, como era el caso de El Gallo Dorado. Agradecí no ser famoso ni tener que estar todo el día haciendo el paripé, cuidando la imagen o llevando gafas sin ver nada.

Hasta Jack Nicholson las llevaba en la última entrega de los Oscars.

—Tampoco te imaginaba en un lugar como este —Carmen miró con cierto apuro la entrada de El Gallo Dorado.

—Dicen que está bien.

Un cartel, junto a la puerta luminosa, mostraba lo que uno podía encontrar dentro con generoso reclamo. Chicas con poca ropa, espectáculo, plumas... La fotografía de Sonia, que se apellidaba Gené en lugar de cualquier seudónimo francés o americano, mostraba un rostro ampuloso aureolado con una sonrisa enorme llena de dientes blancos. Parecía un anuncio de dentífrico. Iba muy maquillada, así que no supe decir si era guapa o no.

—¡Cuidado!

No quería tropezarme con Víctor Eguilaz, así que trastabillé al perder pie en uno de los escalones que descendía hacia las profundidades del templo.

—¿Por qué no te quitas esas dichosas gafas? —se enfadó Carmen.

—Es por el incógnito —le dije.

—¡Anda ya!

Tuve que quitarme las gafas a la fuerza cuando llegamos abajo, porque allí sí estaba oscuro al cien por cien mientras en el escenario un grupo de chicas bailaba con mucha energía. Un hombre se nos acercó para preguntarnos si queríamos una mesa o preferíamos la barra. Por suerte para mí, localicé a Víctor Eguilaz en la parte izquierda de la pista, de cara a ella y de perfil con relación a la entrada. Estaba solo.

Y la mesa de detrás suyo vacía.

—¿Podría ser aquella mesa? —señalé.

—Desde luego, señor.

Nos preludió el camino, y yo volví a ponerme las gafas por si al sobrino político de Juan Bárcenas se le ocurría girar la cabeza. No fue así. Estaba muy pendiente de las evoluciones de las chicas. Cuando llegamos a la mesa yo me senté justamente de espaldas a él, lo bastante cerca como para escucharle según el volumen de la música y sin riesgo de que nos volviéramos al mismo y tiempo y quedáramos cara a cara.

Carmen no parecía muy contenta, pero lo llevaba bien.

—¿Venías aquí con tu ex o qué? —me pinchó.

—No, es la primera vez. Cosas de Ignacio. Le he preguntado a dónde podía llevarte y...

—¿Se lo has dicho a Ignacio?

—Sí.

No supo si era bueno o malo. De alguna forma debió pensar que yo mismo había oficializado que estábamos saliendo juntos. Se relajó. Supongo que seguía esperando algo más de una primera cita, que yo me lanzase, por ejemplo. Las chicas de la pista terminaron el número y se fueron entre aplausos y saltos para dar paso a otro. Junto a mí, Víctor Eguilaz parecía una estatua. Me dio por pensar que con el tío de su mujer muerto, y ella tal vez en el velatorio, él tenía mucha cara por estar allí con la querida.

Mucha cara o mucha necesidad de verla.

Pasó un cuarto de hora entre la charla, intrascendente, despellejando al personal, y la bebida que nos tomamos. Carmen me seguía la corriente, aunque echando algún que otro vistazo a su reloj de pulsera. Sonia Gené no salió hasta las doce y diez. Al natural sí era guapa, exuberante, un pedazo de señora. Comenzó a bailar al compás de una música muy sexy y empezó a quitarse las plumas que le envolvían igual que si fuese un gallo suicidándose. En cinco minutos quedó desplumada, mostrando unos pechos perfectos, sin necesidad de operaciones, y con sólo un tanga minúsculo en la parte de abajo. Se llevó sus aplausos y desapareció entre bambalinas.

—¡Eh, estoy aquí! —oí a Carmen.

—¿Qué?

—Te has quedado impresionado con esa.

—No, mujer.

Pensé en decirle la verdad. Ya no pude. En menos de tres minutos Sonia Gené salió por una puerta lateral, justo frente a la mesa donde la esperaba su amante, vestida para la ocasión aunque no como para salir a la calle. Imaginé que tendría un segundo pase más tarde. Fue el momento de echarse con la silla hacia atrás para intentar pillar la conversación.

También fue el momento en que el sonido subió de volumen y pasó a ser un tachín-tachín insoportable para cualquier oído medio y educado con música de calidad.

Maldije mi mala suerte.

—¡Daniel!, ¿qué haces?

Le hice una seña para que se callara. Me miró más alucinada que nunca por mi comportamiento. Por detrás de mí, lo único que pude escuchar fueron retazos de conversación, aunque siempre por parte de Víctor Eguilaz, por aquello de que su voz era más recia. A Sonia no le pillé ni una.

—... unos días... ¡Sonia, por Dios, ten paciencia!... Todo saldrá bien si haces lo que yo te... ¡El dinero es de ella!... ¡Confía en mí!... ¡Claro que valdrá la pena!...

Ya no podía acercarme más a Eguilaz sin tocarle o sin que la silla se me fuera para atrás, así que me pilló muy de improviso que mi espiado se levantara de golpe. Pude escucharle mejor al hablar desde arriba coincidiendo con el fin de la tortura decibélica.

—¡Te lo repito, no hagas nada, ni llames! ¡Con la policía metiendo la nariz y mi mujer con la mosca detrás de la oreja...!

Rodeó la mesa y se inclinó sobre la artista. De refilón vi cómo la besaba. Sonia Gené no daba la impresión de estar muy satisfecha ni de sentirse muy feliz. Luego Víctor Eguilaz emprendió la oportuna retirada, tal vez para ir a casa, tal vez para sumarse al velatorio de Juan Bárcenas. Me dio por pensar que, a lo peor, aún andaban con la autopsia y que de velatorio nada. Por si acaso, me tapé la cara y fingí buscar algo por el suelo, por si se le ocurría volverse para un último adiós.

—Daniel, ¿estás bien? —el tono de Carmen era de preocupación.

Sonia no se quedó en la mesa. Su amante no había dado ni media docena de pasos cuando ella también se levantó para retirarse hacia la parte de atrás del escenario. Me pilló de improviso así que no pude ni contestarle a mi compañera. Salí tras ella sin conseguir alcanzarla y atravesé la puerta destinada al personal de El Gallo Dorado.

Entonces la llamé.

—¡Señorita Gené, por favor!

No sé si alguien la llamaba así alguna vez, y menos por allí. Volvió la cabeza y esperó a que llegara a su lado. Teníamos justo encima una luz mortecina que proyectaba sombras extrañas sobre nuestros rostros. De cerca era más guapa, la estropeaba el maquillaje excesivo. Víctor Eguilaz debía de pasárselo muy bien con ella.

No me gustó la idea.

—¿Puedo hablar con usted un momento?

Me miró de arriba abajo y, obviamente, no debió de gustarle lo que vio.

—Si quiere compañía busque en la barra.

—No se trata de eso, sino del señor Eguilaz.

—¿De quién?

—Del hombre con el que acaba de estar: Víctor Eguilaz.

—¿Quién es usted? —sus ojos chisporrotearon con un atisbo de inquietud.

—Soy periodista.

—¿Y qué? —el chisporroteo se hizo más evidente.

—Hay un asesinato de por medio. ¿No se lo ha dicho él?

—¿Está loco? —empezó a chillar—. ¡A mí qué me cuenta! —hizo algo más que eso. Pronunció un nombre—: ¡Bruno!

—¿Estuvieron juntos anoche? —me arriesgué.

Bruno apareció por la puerta del fondo. Hacía honor a su nombre. Todos los energúmenos sin cerebro y con un diámetro de dos metros de pecho deberían llamarse Bruno. Los brazos tampoco estaban mal. Dos mazas. Y yo era el clavo.

—¿Algún problema, Sonia?

—¡Échale!

No tuvo que repetirlo. Me puse las gafas rápidamente, por aquello de que no debía de pegarse a los gafosos y a lo mejor él lo sabía, e inicié la retirada sin arriesgarme a que me machacara. Sonia Gené se quedó en mitad del pasillo, temblando, nerviosa. De pronto ya no era guapa.

Sólo una máscara.

Salí a la carrera, atrapé a Carmen por la mano y tiré de ella sin más, levantándola a la fuerza de la mesa. Lo de menos fue su encendida protesta. No le hice el menor caso. Bruno se quedó en la puerta que comunicaba el pasillo con la sala, observándonos. No volví la cabeza tras eso, por si me convertía en una estatua de sal.

Carmen no dejó de protestar hasta que salimos a la calle y pensé que le debía, al menos, una explicación.

Otra cosa era que la creyera o que se calmase.

8

Por la mañana me levanté a mi hora, sobre las diez. Arrastrarme hasta el baño fue fácil. Recordar la bronca con Carmen fue peor. Un plan perdido. Una posibilidad menos. Aunque trabajando juntos... Lo cierto es que empezaba a gustarme mi compañera de trabajo. Tenía carácter. Me lo había demostrado. Cuando se despidió de mí me dio un beso muy cálido, muy húmedo. Ella a mí. Fue como decirme "Mira tú lo que te has perdido". Y me dejó en la puerta de su casa sin pedirme que subiera.

¿Se le puede hacer algo peor a un separado?

Por lo menos me sentía descansado, así que me puse en marcha siguiendo el plan previsto de antemano. En menos de media hora salía del parking y enfilaba calle Johann Sebastian Bach arriba para llegar a la Vía Augusta, la Ronda de Dalt y la Residencia Aurora. Por mera precaución, siguiendo una de mis máximas periodísticas que dice que cuanto menos te vean, mejor, aparqué el mini en la calle de abajo y me acerqué a pie al geriátrico.

Reconocí la moto en cuanto la vi.

La misma moto que, veinticuatro horas antes, no se había detenido allí al ver el enjambre de policías envolviendo el edificio.

No supe qué hacer, salvo protegerme al amparo de la pared más cercana. Ya no había policías ni coches frente a la residencia. Sólo la moto. La ventana del despacho de Eulalia Ramos estaba abierta.

Caminé hacia ella, pegado a la pared, y no me detuve hasta que me situé casi debajo. Habría oído las voces aunque estuviera a cinco metros. Claras y audibles.

—¡Y yo te repito que durante unos días será mejor no hacer nada! ¿Quieres jugártela?

—¡Lali, maldita sea, te han matado a un viejo! ¿Y qué? ¡No tiene nada que ver con lo nuestro!

—¿Y tú qué sabes? ¡Yo no quiero jugarme el pellejo, Esteban! ¡Ni siquiera sé que has venido a hacer hoy con todo lo que se montó ayer!

—¿Quieres que le diga a Jofresa que no hay partida? ¿Quieres que lo pare todo? ¿Así de fácil?

El tal Esteban gritaba, pero la dueña de la residencia lo hacía más.

—¿Y qué pasa si a la policía le da por...?

—¿Por hacer qué, Lali? ¡No saben nada del juego! ¡Jofresa ha arreglado ya la partida para mañana por la noche, y hay mucho en juego! ¡Tanto da que sea en un piso como en otro, pero lo necesitamos!

—Entonces espérate hasta mañana por la mañana, para ver qué sucede. No puedo decirte más.

—No va a gustarle nada a Dalmau, pero menos a Jofresa.

—¿Crees que me gusta a mí?

—¿Y de lo mío qué? Yo también necesitaba un piso para una pareja. Todo el fin de semana.

—Eso lo arreglaremos.

—¿En serio?

—Tengo el piso de la Juana, la que se murió. Tendrás las llaves el viernes por la mañana.

—¿Me das ahora la comisión y así no he de volver?

—Esteban, lárgate ya.

—Eres una bruja...

Comprendí que era el punto de inflexión. Ya no iban a discutir o pelearse más. Retrocedí pegado al muro y llegué a mi mini justo en el instante de escuchar el petardeo de la moto de Esteban a mi espalda, a punto de rebasarme. Me metí dentro, arranqué y salí zumbando en pos de ella.

Mi mini es pequeño, ideal para la ciudad, perfecto para una persecución. Pero seguir a una moto, y además con su conductor en plan campeón, fue más que difícil. Esteban era un kamikaze. Tuve que saltarme dos semáforos en rojo, pisar el lado contrario de la calzada tres o cuatro veces, aterrorizar a caminantes en pasos cebra y meterme en una calle en contradirección porque a él se le ocurrió circular por la acera. No sé ni cómo no me descubrió. Cuando por fin se detuvo delante de un local porno, un top les llamado Paraíso, en pleno Raval, agradecí el fin de la odisea. Metí el mini en un parking y regresé a pie hasta el lugar.

Dentro no había nadie exceptuando una chica esquelética detrás de un mostrador. Leía un libro, una novela de amor. Las cabinas debían de estar vacías y ningún curioso fantaseaba por las estanterías repletas de revistas, vídeos, DVD's y materiales de lo más diverso.

La anoréxica levantó los ojos del libro cuando me detuve delante suyo. Era un cliente, así que me sonrió.

—Hola.

—Hola —dije risueño—. Oye, perdona que te moleste pero es que acabo de ver entrar aquí a un amigo y no le veo. Se llama Esteban.

Iba a contestarme, pero no logró abrir la boca. Por detrás suyo, emergiendo de detrás de una cortina negra, apareció el primo hermano de Bruno. Este, además, con la cabeza rapada.

Me extrañó que supiera hablar.

—Aquí no hay ningún Esteban —dijo. Y fue aún más concreto cuando agregó—: Lárgate.

—Pues juraría que...

Me miró. Nada más. Fue suficiente. Mayor parquedad, imposible. La chica volvía a leer su novela. Iba a decirles que no era forma de tratar a posibles clientes pero no me arriesgué. Yo no era un posible cliente. De hecho era un posible problema.

Para mí mismo, claro.

Salí del Paraíso y fingí caminar en dirección contraria. El primo hermano de Bruno no sacó la cabeza por la puerta. Lo aproveché para meterme en la primera callejuela y rodear el viejo bloque de casas. Una de las ventajas del Raval o el Gótico es que todas las casas dan a dos calles, en este caso una diminuta placita y un callejón lleno de ropa colgando por las ventanas hasta el cielo, angosto y oscuro. Un vecino podía alargar la mano y tocar la casa de enfrente.

La parte posterior del Paraíso tenía una doble puerta negra, grande y sólida, y no estaba cerrada. Tal vez la usaran clientes que querían pasar más desapercibidos. Sabiendo que me estaba jugando el físico, y más después de escuchar el diálogo de la dueña de la Residencia Aurora con el tal Esteban, me adentré por aquella penumbra sin saber muy bien qué hacer o a dónde ir. Por allí había un pasillo, un almacén a la izquierda y unas puertas cerradas a la derecha. Concretamente tres.

Las voces provenían de la central.

Y el tono era el mismo que el de unos minutos antes en el geriátrico. Alguien estaba muy enfadado.

—¡Habrá ciento cincuenta mil euros en esa partida! ¡No podemos anularla! ¿Está loca o qué?

—Se lo he dicho, señor Dalmau. Y le he advertido que a usted no le gustaría, y menos al señor Jofresa.

—¡Maldita bruja! ¿Quién era ese al que mataron en su cuchitril?

—Ni idea.

—¡Sólo faltaba eso!

—La Lali ha dicho que mañana por la mañana...

—¡Eso ha de quedar resuelto esta noche! ¡Hay que dar la dirección a los jugadores, por Dios! ¡Nos va el prestigio!

—¿Y a malas, hacerlo en otra parte, aquí...?

—¿Y que la competencia pueda imaginar siquiera que tenemos problemas para organizar una partida? ¿Estás loco, Esteban? ¡Jofresa no va a arriesgar! ¡La tapadera perfecta son los pisos de la Lali! ¡Por ahí les hemos pillado!

—Yo ya se lo he dicho —la voz de Esteban era de resignación.

—¿Y qué, quieres que llame el mismo señor Jofresa? ¡Joder, Esteban!, ¿de qué vas? Nosotros estamos aquí para solucionar los problemas.

Era el momento de irme para hacer las restantes preguntas por otro lado. Sabía que era el momento de marcharme. Lo sabía, lo sabía, lo sabía. Conozco mi trabajo. Conozco mi suerte.

Pero no.

Tenía que averiguar algo más, meter la nariz por alguna puerta. En una palabra: estropearlo todo.

Iba con cuidado, movía los pies despacio, tanteaba las paredes con las manos. Es más, incluso me había adaptado a la penumbra. Todo inútil. El golpe a la caja lo di con la cadera. Cuando ésta se vino abajo, iniciando el estrépito, intenté sujetarlo todo con los brazos y a duras penas evité la avalancha. El mayor ruido, sin embargo, lo provocó el chasquido de una madera que pisé mientras hacía equilibrios. Sonó igual que un disparo de pistola. Seco y contundente.

Inicié la carrera demasiado tarde.

El primo hermano de Bruno me salió por detrás, pero le bastó atraparme con una de sus zarpas para derribarme al suelo, de espaldas, igual que un pelele, sin necesidad de atizarme. Nada más tocar suelo di un par de vueltas sobre mí mismo y me levanté buscando a la desesperada una escapatoria.

Se abrió la puerta del despacho por el que había estado escuchando la conversación de Esteban y el tal señor Dalmau. La luz del interior se desparramó sobre el campo de batalla.

Eché a correr.

Y por supuesto no lo conseguí.

Al calvo le bastó darme un puñetazo, mientras pasaba por su lado. Y nada de la cara o el plexo solar: en mitad de la cabeza. Desde arriba.

Debió de encogerme al menos un par de centímetros, y si no me clavó al suelo fue porque no ofrecí resistencia.

Se hizo la oscuridad y me fui de este mundo.

9

Empecé a oír voces.

Pero no sabía si estaba vivo o muerto, en el cielo o en el infierno.

No lo descubrí hasta que me dolió la cabeza, y mucho.

Entonces sí, supe que estaba vivo, medio inconsciente, dolorido, y atrapado como un infeliz por no ser más listo y largarme cuando había podido.

No me moví.

Sé la diferencia entre quedarse quieto y esperar o tratar de acelerar las cosas. En el primer caso, la ventaja es tuya. En el segundo, lo más seguro es que vuelvan a atizarte. Y el primo hermano de Bruno atizaba muy fuerte.

—¿Periodista? —rezongó una voz nada amigable.

Tenían mi cartera.

—Es lo que pone.

—¿Y cómo ha llegado este tío hasta aquí?

—Ni idea.

—Esteban, según Concha ha preguntado por ti. Dice que te ha visto entrar.

—¡No le he visto en mi vida! ¡A mí no me vengáis con marrones!

—Pues ya me dirás.

—Señor Dalmau, esos se la saben muy larga. Seguro que anda detrás de algo.

—¿Cómo sabía tu nombre?

—Exacto, Esteban. Alberto tiene razón: ¿cómo sabía tu nombre?

Alberto era el primo hermano de Bruno, el calvo. Ya tenía todos los nombres.

Se produjo un silencio muy peculiar. Estuve tentado de entreabrir un ojo, pero me pudo la prudencia.

—¿Qué hacemos? —dijo el señor Dalmau.

—¿Avisar a Jofresa?

—Se pondrá muy nervioso.

—Entonces, de momento, vamos a tener esto limpio, por si las moscas. No sé lo que sabe el imbécil ese, pero sin pruebas es como si no tuviera nada.

—¿Nos deshacemos de él? —propuso Alberto.

—Sí, será lo mejor.

A mí empezó a subirme un frío tremendo por la columna.

—¿Le... matamos? —vaciló Esteban.

—¿Quién habla de matar, estúpido? —dijo con fastidio el señor Dalmau—. Le metéis en el maletero del coche, le ponéis un poco guapo y lo dejáis en algún basurero. Si es listo, entenderá el mensaje.

—¿Y Jofresa?

—Hablaré con él, claro.

—¿Y si ese vuelve? —debió señalarme a mí, el centro de su atención.

—Entonces se la va a ganar de verdad.

—Esos de la pluma son muy valientes cuando escriben, pero se cagan en los pantalones cuando se topan con la realidad fuera de sus periódicos —dijo el señor Dalmau.

—Los corresponsales de guerra no —apuntó Esteban.

—¿Quieres dejar de decir chorradas? —se enfadó el jefe—. ¡Y antes de sacudirle que os explique de qué te conoce!, ¿vale?

No hubo más.

Alberto fue el que me levantó del suelo, sin muchos miramientos, todo hay que decirlo. Temí que me rompiera un brazo, o que me hiciera daño y yo mismo me delatara. Cuando me tuvo de pie debió ayudarle Esteban, aunque no creo que hiciera falta porque aquella mole de carne y músculos podía conmigo de sobra. Entre los dos me sacaron del lugar en que me encontraba.

—No podemos llevarle fuera tal y cómo está —apuntó Alberto.

—¿Le metemos en un saco?

—¿Y si despierta en plena calle? No, mejor voy a por el coche y lo traigo hasta aquí.

—De acuerdo.

Volvieron a dejarme en el suelo, con menos miramientos que antes. Mi cabeza rebotó sobre una baldosa fría. Con el calor, llevaba la ropa pegada al cuerpo.

Alberto se marchó.

Era mi oportunidad. No soy un héroe, y tenían razón: fuera del periódico no soy de los que se siente Superman. Pero con Esteban me atrevía. Por joven que fuese, si la ventaja estaba de mi lado...

Ahora sí entreabrí un ojo.

Esteban estaba en la puerta, la negra, la que daba a la callejuela posterior del Paraíso. La tenía entreabierta, esperando a su compañero el forzudo. Empecé a medir mis movimientos, comenzando por comprobar el estado de mi cabeza. Si me daba por marearme al levantarme estaría perdido. Me dolía pero pude centrar la mirada, así que el resto dependía de mi suerte y mi rapidez.

Conté hasta tres.

Me levanté, vencí el primer atisbo de mareo que, de todas formas, apareció ante lo inesperado del gesto, como si el cuerpo aún estuviese separado de la mente, y me lancé sobre el de la moto. La distancia era de unos tres metros, así que sabía que no iba a sorprenderle. Cuanto más cerca estuviese de él, mejor podría darle. En eso consistía todo.

Esteban se volvió.

—¡Mecagüen...!

Fue todo lo que pudo decir. Mi patada entre las piernas, nada heroica pero muy efectiva, lo dobló sobre sí mismo. Mientras caía de rodillas, con esa cara que se nos pone a todos cuando la cosa duele de veras, bizqueó y abrió la boca. Yo sólo tuve que apartarle a un lado y abrir la puerta.

No pensé que el garaje donde metían el coche estuviese tan cerca.

Alberto, a unos diez metros, estaba abriendo también una puerta de madera, doble. Cuando me vio abrió unos ojos como platos y pese a su mole, reaccionó rápido.

—¡Tú! —me gritó.

Yo eché a correr hacia el otro lado.

La persecución no fue muy larga. Por detrás del musculoso apareció Esteban, intentando mantenerse en pie y correr al mismo tiempo. Yo no perdí el mío mirando hacia atrás. Mantuve el tipo pese al dolor de cabeza y a sentirme los músculos agarrotados y me orienté hacia el único lugar posible en el que perderme: camino de las Ramblas. Cuanta más gente hubiera a mi alrededor, mejor. Ir a buscar el mini al parking resultaba imposible.

Todo acabó cuando me crucé con un coche patrulla de la guardia urbana.

Me detuve a su lado, miré hacia atrás.

Alberto y Esteban tardaron muy poco en esfumarse. El primero me hizo un gesto con el puño cerrado.

—Mierda... mierda... ¡Mierda! —repetí para mis adentros por lo cerca que había estado de fastidiarla.

10

Fui en taxi hasta el parking donde tenía el mini, hundido en el asiento, por si me cruzaba con cualquiera de los dos. El taxista gruñó lo suyo por la brevedad de la distancia. Le dije que tenía la pierna fatal a modo de excusa y luego me enfadé conmigo mismo por darle excusas a un taxista que se supone no ha de quejarse por si la carrera es corta o es larga.

Cuando abandoné el parking salí zumbando y no me sentí verdaderamente tranquilo hasta llegar al Paralelo primero y a la calle Urgel después. Estaba hecho una pena, sucio, arrugado, así que lo primero que hice fue enfilar la dirección de mi casa para cambiarme. Francisco, mi conserje, puso cara de circunstancias al verme.

—¿Le ha pasado un camión por encima, señor Ros?

—No, he sido yo el que ha pasado por encima del camión, pero ya ve.

Se echó a reír. Mi conserje es un cachondo.

Cuando entré en mi casa, no me fui directo al baño. Primero descolgué el teléfono. Llevaba una semana sin móvil y lo echaba de menos. Todavía confiaba en no haberlo perdido y que algún amigo me dijera que lo había encontrado en su sofá. Marqué el número de Mercedes Sanz temiendo no recordarlo exactamente, porque con el golpe de Alberto a lo peor se me habían mezclado las cosas.

Mis malos presagios no se cumplieron.

—Víctor y Mercedes te damos las gracias por llamar. No estamos en casa —dijo una voz femenina pregrabada—. Puedes dejar tu mensaje y te responderemos lo antes posible.

Esperé la señal mientras pensaba en las muchas formas de grabaciones de contestadores automáticos que uno podía escuchar al final de un día. Los había graciosos, originales, divertidos, pasotas, secos, pragmáticos, directos... Por ejemplo, era la primera vez que alguien me daba las gracias por llamar.

—Este es un mensaje para Mercedes Sanz —dije después de escuchar el tono—. Mi nombre es Daniel Ros. Soy periodista. Su tío me llamó la tarde antes de su muerte y me citó en la Residencia Aurora ayer por la mañana. Yo fui el que descubrió el cadáver. Es urgente que hable con usted, por favor. Mi número es...

Le dije el número y colgué. Luego abrí de nuevo la línea y llamé a la Jefatura Central de Policía, en Vía Layetana. Pasé tres filtros antes de llegar a su departamento.

—¿El inspector Muntané, por favor?

—El inspector no se encuentra ahora aquí. ¿Puedo ayudarle?

—Dígale que ha llamado el señor Dylan. Bob Dylan.

—¿Perdone?

Corté rápido. Era una contraseña que nos teníamos montada Paco y yo. Señal de urgencia, aunque a lo peor no iba en todo el día por la Central y tenía que llamarle por la noche a su casa.

Era el momento del baño. Fui a mi habitación, me desnudé, eché la ropa en un cesto y luego me arrastré hasta la ducha. El agua me hizo bien, sobre todo porque el golpe en la cabeza me estaba pasando factura. Me dolía de veras. Alberto era un bestia. Un manotazo como aquel era capaz de matar a un caballo, así que más a un burro.

—Burro, burro, burro —me dije a mí mismo mientras el agua me caía desde las alturas y me ponía a tono.

No sé cuanto debí pasar en la ducha, pero debieron de ser por lo menos diez minutos, a los que hay que sumar el secado del pelo y todo lo demás. Cuando salí de nuevo de mi habitación, ya vestido, vi que tenía un mensaje en el contestador y maldije mi mala suerte. Pensé en Paco.

Me equivoqué: era de Mercedes Sanz.

—Señor Ros, acabo de escuchar su mensaje pero no estoy en casa. Hoy me será imposible hablar con usted debido al entierro de mi tío. ¿Puede pasarse mañana a eso de las doce? La dirección es...

Sabía la dirección. No me hizo falta anotarla. La misma que constaba en la ficha de Juan Bárcenas en la residencia como puntos de referencia. El tío de Mercedes Sanz no había ocultado ni siquiera su identidad, por lo tanto...

¿Y si, a pesar de todo, hubiera ido a vivir a la Residencia Aurora?

No, imposible.

Algo se nos escapaba. A todos.

Y no tenía nada que ver con el juego ilegal o los trapicheos de Eulalia Ramos, alquilando los pisos de los ancianos que aún los retenían, a parejas o lo que fuera.

Tomé un bocadillo en casa y me fui al periódico.

Lo primero, ver a Carlos. Entré en su cubículo y le dije que necesitaba al menos 24 horas más, para darle algo bueno con relación a la muerte del viejo del geriátrico. Remarqué lo de "al menos" para cubrirme las espaldas. Ni le hablé de lo del juego ilegal. Prefería reunir todas las piezas. No se mosqueó. Me miró fijamente y debió de ver en mi cara que, desde luego, iba detrás de algo.

—¿Es bueno? —quiso saber.

—Hay un lado humano y otro social. Sí, es bueno —afirmé.

Lo aceptó, pero a continuación se vengó:

—Lucas se ha puesto enfermo. Vete a su mesa y escribe lo que ha dejado.

—¿Algo importante? —puse cara de circunstancias.

—Accidentes laborales —me endilgó.

Sabía que no iba a gustarme. Pero me callé. Salí del despacho del jefe de redacción, pasé por la mesa de Lucas y le eché un vistazo a sus notas. Pura rutina, pero pesada. Lo justo para estar dos o tres horas, la tarde perdida.

Carmen se me acercó justo cuando acababa de completar la primera línea de texto en el ordenador.

—Hola —me saludó cauta.

—Hola, cariño.

Lo de "cariño" la abrió en canal. Se suavizó hasta el extremo de volver a mirarme con ojos tiernos.

—Siento lo de anoche —le dije.

—Podías haber confiado en mí desde el principio.

—Temí que pasaras de historias.

—¿Lo repetiremos?

—Sí, te lo juro. Y esta vez el sábado por la noche.

—Bien —me sonrió.

Creo que los dos pensamos en lo mismo: el beso de despedida. A ella le brillaron de nuevo los ojos. A mí se me puso un nudo en la garganta. ¿Podía encontrar a alguien mejor que Carmen?

—Tienes mal aspecto —me dijo a modo de despedida.

Era cierto, pero también capté un delicado tono de venganza.

Me concentré en el texto sobre los accidentes laborales. Odio las páginas de política, sociedad y todos esos rollos. Pienso que la calle es el único hábitat natural de un periodista.

En otras circunstancias le habría dicho a Carlos que le pasara el muermo a otro. Pero yo andaba por la cuerda floja. Aunque luego mis reportajes tuvieran siempre algo especial.

Y todavía nadie me había partido la cara.

Aunque un rato antes hubiesen estado cerca.

Hice lo que pude con el dichoso artículo de Lucas. Lo acabé arrastrando cada palabra hasta completar el espacio destinado a él. Llevaba rato mirando en dirección a la mesa de Ricardo, el sabelotodo oficial, pero o no había ido a trabajar o...

Se lo pregunté a Ignacio.

—¿Y Ricardo?

—Tenía algo personal que hacer.

—Mierda.

—¿Para que quieres consultar al Archivo? —empleó uno de sus apodos. El otro era Memoria.

—¿Sabes tú algo del juego ilegal en Barcelona?

—¿Ah, pero hay juego ilegal en Barcelona?

—Sí, y se mueve mucha pasta.

—Primera noticia.

Busqué una guía telefónica. Lo único que sabía de Jofresa y de Dalmau eran los apellidos. Y había un enjambre de Jofresas y de Dalmaus. Estaba atado de pies y manos salvo que Paco me diera información extra o que Mercedes Sanz, al día siguiente, me echara un cable.

Salí tarde del periódico, pensé en cenar en cualquier parte, o pasarme por casa de Paco y apuntarme como hacía otras veces, pero lo cierto es que estaba un tanto fastidiado. Y me dolía aún más la cabeza, a lo peor Alberto me había dejado el cerebro comprimido. Stu Sutcliffe, el compañero de John Lennon, murió a causa de un golpe en la cabeza producido en una pelea. Se le hizo una bola de sangre, un no-sé-qué, y al cabo de muchos meses de dolores se fue de este mundo.

Llegué a casa, metí el mini en el parking y subí. Más que tumbarme, me dejé caer en el sofá. Debí pasar por lo menos diez segundos. Todo un récord.

El timbre de la puerta me hizo abrir los ojos.

No el de la calle: el de la puerta.

Pensé en algún vecino, así que fui del todo inconsciente. Llegué al vestíbulo, abrí la puerta y me encontré con Tom y Jerry, es decir, con Alberto y con un desconocido casi tan cuadrado como él. O alguien les había abierto la puerta de la calle inconscientemente o habían subido con un vecino. El caso es que estaban allí.

Y yo, agotado.

Reaccioné tarde y mal. Fui a cerrar la puerta pero Alberto ya había metido el pie. Traté de dar media vuelta y correr por mi piso pero el otro cargó sobre mí sin contemplaciones. Acabé en el suelo, con el tipo encima y mi brazo derecho doblado peligrosamente sobre mi espalda.

Su voz, sin embargo, fue amigable.

—No queremos hacerle daño, señor Ros. Sólo que nos acompañe.

La otra vez querían echarme a un basurero después de hacerme la cirugía estética a lo bestia.

—De acuerdo, de acuerdo... —gemí—. Mi brazo...

Aflojó la presión.

—No va a intentar nada, ¿verdad?

¿Tenía alguna posibilidad?

—No —me rendí.

—Entonces vamos.

Me ayudó a ponerme en pie, pero no me soltó. Alberto me miraba con cara de muy pocos amigos. Lo único que pude hacer fue atrapar mis llaves, meterlas en el bolsillo y seguirles tras cerrar la puerta.

Entramos en el ascensor, bajamos hasta la calle y salimos.

El coche, un Audi metalizado lujoso, esperaba fuera, en doble fila, con el motor apagado y alguien sentado en la parte de atrás.

11

Alberto y su colega se quedaron fuera. Eso me anuncio que no habría paseo en coche. Sentí alivio. Me hicieron entrar detrás, junto al hombre que esperaba. Era de la cuerda de Víctor Eguilaz, elegante, anillos y piedras en las manos, traje impecable, rostro bronceado, cabello negro echado para atrás y brillante. Todo perfecto salvo por los ojos. Los tenía de hielo. Tan de hielo que me congeló por dentro y supe que aun podía haber cosas peores que un puñetazo en la cabeza, o lo del paseo previo antes de ser arrojado a un vertedero.

Lo primero que hizo el hombre fue meterse la mano en el bolsillo y sacar mi cartera.

Soy idiota. Ni siquiera la había echado en falta.

—Esto es suyo, señor Ros —la voz era como los ojos, un témpano—. He venido en persona a devolvérsela, y a pedirle excusas.

La tomé de su mano sin abrir la boca y me la guardé. Luego él siguió llevando la iniciativa.

—¿Qué hacía hoy en el Paraíso, señor Ros?

—Nada.

—No sea estúpido. ¿Qué quiere?

—Nada.

—Todo el mundo quiere algo —movió la cabeza de lado a lado. Se miró uno de los anillos y agregó—: Sea sincero conmigo, y no tendrá problemas. Pero le advierto que al tercer nada tendré que llamar a Alberto y a Isaac.

—Le he dicho la verdad.

—¿Está escribiendo algo en particular, señor Ros? —cada vez que decía "señor Ros" era como si me empalagase.

—Estoy investigando la muerte de un anciano, eso es todo.

—¿El de la Residencia Aurora?

—Sí.

—¿Qué tiene que ver eso con nosotros? —frunció el ceño.

—Ni idea. Seguí a Esteban desde allí. Eso es todo.

Era coherente. Por primera vez me miró con respeto.

—Pero ahora cree haber encontrado algo más jugoso.

—No sé lo que he encontrado.

—¿Sabe usted quien soy yo?

—No —mentí.

—Me llamo Jofresa. Pedro Jofresa.

Esperó una reacción, pero no apreció el menor cambio en mi cara.

—Escuche, Ros —hizo una serie de estudiados gestos, quitarse una mota de polvo del pantalón, mirar por la ventana, suspirar, relajarse...—. Usted es periodista, y yo conozco a muchos periodistas, se lo aseguro. La mayoría se mueren por un artículo. Y por desgracia algunos lo hacen: morirse. Otros son inteligentes, prefieren vivir sin el artículo y encima salir ganando. ¿Me sigue?

—¿Cuánto va a ofrecerme?

—Usted no sabe nada —sonrió un poco—. Pero podemos hablarlo. Esta es sólo una primera visita. De cortesía. He hecho indagaciones y me han hablado bien de usted.

Demasiado bien. Va de legal. Vive en una bonita casa —señaló mi edificio en la calle Johann Sebastian Bach—, le van bien las cosas a pesar de su separación... ¿Para qué complicarse la vida? ¿Cree que un artículo de más o de menos salvará al mundo?

—¿Y ese hombre, el muerto?

—Ni idea —fue sincero Jofresa.

—¿Quiero saber quién le mató y por qué?

—Adelante —asintió con la cabeza.

Había sido un diálogo ambiguo. Con un poco de todo. Amenaza, negociación, intento de soborno... ¿o había sido yo el que había puesto la alfombra? Ni me importaba. La maldita cabeza me dolía otra vez mucho.

—¿Puedo irme?

—Adelante —me ofreció la puerta—. Como le he dicho, quería conocerlo, devolverle la cartera y tener una... digamos primera charla. Ahora sé que no habrá ningún problema, ¿verdad?

Se encontró con mi mirada extraviada.

—¿Verdad? —insistió.

—Verdad —me rendí.

Después de todo, era cierto: me interesaba Juan Bárcenas.

De Pedro Jofresa ya se ocuparía Paco.

Bajé del coche y me quedé en la acera para estar seguro de que se iban. Isaac se puso el volante y Alberto al lado. La suya fue la última cara que vi.

Y no me gustó nada.

El tipo quería volver a machacarme la cabeza, estaba claro.

12

Llamé a Paco, seguía sin estar en casa y Pepa no supo decirme si iba a llegar temprano o no. Yo quería hablar urgentemente con mi mejor amigo, y él me daba esquinazo. Perfecto. Con la cabeza a punto de estallarme, acabé metiéndome en cama con dos aspirinas y el teléfono desconectado. Cuando me desperté era mi hora, las diez de la mañana, la cabeza me dolía mucho menos y a cambio la novedad era algo así como tener un palo de escoba atravesado entre los hombros. Seguía pensando que el golpe del energúmeno de Alberto me había empotrado algunos huesos.

Lo probé por enésima vez, pero Paco es Paco, y deduje que si no se tomaba la molestia de ponerse en contacto conmigo, sería por alguna razón. Por ejemplo que no tuviera nada que decirme del caso. Según Pepa, llegó tarde y se fue temprano. Trabajo de policía. Suele reír al confesarme que envidia mis horarios, y no me extraña. En la Central volvieron a largarme que estaba por ahí.

Yo también me largué "por ahí", a mi cita con Mercedes Sanz, esposa de Víctor Eguilaz, sobrina y heredera de Juan Bárcenas.

Casa en Pedralbes, cerca de la Cruz al pie del Monasterio. Altos vuelos. Eguilaz podía estar arruinado, pero vivía como Dios. Nunca he entendido muy bien las "ruinas" de los ricos. Deben de tener un rinconcito muy profundo para emergencias. Detuve el mini en un hueco, a la sombra, y me enfrenté a un celador vestido con la característica bata azul de las casas de pro.

—¿La señora Eguilaz?

—¿Es usted el señor Ros?

—Sí, tengo una cita con ella.

—Ático.

Dejé atrás al conserje y subí en un ascensor acristalado hasta el último piso. Como es habitual, el ascensor desembocaba directamente frente a la puerta de acceso, con un breve descansillo más decorado que toda mi casa: un espejo, dos jarrones, flores, cuadros, luces, una alfombra persa y una mesita con algunas figuras de porcelana, caras. El conserje debía haber llamado desde abajo porque no tuve tiempo de pulsar el timbre. Una doncella con delantal y cofia me abrió la puerta. Filipina, por supuesto.

No tuve que esperar mucho. Eran las doce en punto.

Mercedes Sanz, señora de Eguilaz, apareció ante mí con la solemnidad de las grandes damas. Y digo la solemnidad porque hay dos tipos de grandes damas: las que nacen con la clase a cuestas y las que se hacen a ella a base de dinero y una vida afortunada. A ella se le notaba el pedigrí. De cuna. Sé lo suficiente para notar la diferencia.

Conservaba la belleza primigenia de los mejores años, pero los cincuenta estaban haciendo ya los primeros estragos aquí y allá. Y los llevaba bien, podía jurar que sin un mal lifting, estiramiento o liposucción. Era una mujer notable, de mediana estatura, delgada, cabello negro y ojos suaves. Vestía adecuadamente para la hora, porque la gente de clase sabe que no puede llevarse a las doce de la mañana lo que otro llevaría a las seis de la tarde. Me tendió una mano delicada pero no rehuyó el leve apretón, lo cual denotó carácter. Yo había escuchado su voz dos veces, en el contestador automático del piso de Juan Bárcenas y en el mío el día anterior. Ahora aprecié los matices mucho mejor.

—¿Señor Ros?

—Siento molestarla en estos momentos, señora —inicié la mejor de mis excusas con la mejor de mis sonrisas.

—Su mensaje llamó mi atención, eso es todo. Lamento que no pudiéramos vernos ayer.

—Lo entiendo.

—¿Quiere sentarse, por favor?

Lo hice en una butaca de la sala en la que estábamos. Luego rechacé su ofrecimiento de tomar algo. Ella ocupó la butaca frontal a la mía. La forma de inclinar el cuerpo, la posición de las manos, la ingravidez del rostro, volvieron a darme las claves de su universo personal. Acababa de enterrar a su tío, del cual era la única sobrina, y el marido le ponía los cuernos con una vulgar cabaretera, pero eso no afectaba la calidad propia, las maneras o la paz interior. Había un mundo ajeno allá afuera y otro al cual se aferraba allá dentro, en el corazón y la mente.

—Su mensaje despertó mi curiosidad, señor Ros —fue la primera en hablar una vez tomadas posiciones.

—Imagínese el de su tío.

—¿Podría explicarme...?

—No hay mucho. Sonó el teléfono, lo cogí, y alguien que dijo llamarse Juan Bárcenas me pidió que fuese a verle por la mañana a la Residencia Aurora. ¿Motivo? Algo muy importante que quería contarme. Le dije que no era usual, que si podía venir él... Insistió y acabé cediendo.

—¿Suelen llamarle muchas personas para contarle historias?

—No.

—¿Por qué hizo caso de él?

—Dicen que tengo instinto. No sé —hice un gesto irreflexivo—. Había algo en la manera de hablar, la voz...

—¿Así que eso fue todo? —se sintió desilusionada.

—En realidad era yo el que quería saber algo más.

—¿Curiosidad?

—Creo que su llamada y su muerte están relacionadas. Por lo tanto ahora soy parte de la historia, me guste o no.

—En eso estamos de acuerdo —se miró las uñas de las manos—. Lo malo es que yo... —volvió a centrar la atención en mí—. Ni siquiera sabía nada de ese lugar.

—¿La Residencia Aurora?

—Sí.

—Un asilo infecto, se lo aseguro.

—Mi tío jamás hubiera ido a una residencia de la tercera edad, y menos a una como la que describe usted o me refirió la policía. Tenía dinero como para tener en su casa a un médico o una enfermera en caso de haberlo necesitado.

—¿No tiene ni idea de por qué fue a hospedarse allí?

—No.

—¿Cuándo fue la última vez que le vio?

—Hace... una semana más o menos.

—¿Le notó algo raro?

—Nada.

—Me han dicho que era una persona muy cerrada.

—Mucho.

—También emplearon la palabra... loco.

—¿Quién le dijo eso?

—Su marido.

—¿Ha visto a Víctor? —alzó las cejas.

—Sí.

No supo cómo tomárselo.

Hubo tres segundos de pausa. Suficientes para que se relajara, si es que por alguna razón había dejado de estarlo. Pensé en el primer mensaje, diciéndole a Juan Bárcenas que no le diera nada a su marido. No supe si sacar a colación el tema, unido al de Sonia Gené. Decidí que no, que tal vez fuera demasiado.

—Mi tío no estaba loco —dijo Mercedes Sanz—. Pero toda su vida cambió hace cuarenta y tres años. Eso le hizo encerrarse en sí mismo.

Recordé aquellas palabras de la vecina de Bárcenas, refiriéndose a la pelea entre Víctor Eguilaz y él. El marido de mi anfitriona había gritado algo así como "llevas más de cuarenta años muerto".

—¿Qué le sucedió a su tío, señora?

—Mataron a su mujer y a su hijo.

—¿En serio?

—Fue... traumático —suspiró con pesar—. Marcó a toda la familia por entonces.

—¿Accidente?

—No, asesinato. He dicho que los mataron, no que se murieran. Bueno, en realidad aquel pobre diablo quería matarlo a él, pero erró.

Las fotografías de su casa. Él, una hermosa mujer, un niño que no rebasaba los tres años de edad.

Nada después de entonces.

—¿Por qué quisieron matarle?

—Una historia de amor y pasión, de celos y envidias, de dinero y... qué se yo. Salió en todos los periódicos. El culpable acabó en la cárcel y me parece que murió, no estoy segura. Nadie volvió a hablar del tema desde entonces, y mi tío menos. Creo que bloqueó en su mente toda esa parte de su vida. Ni siquiera sé qué le mantuvo con vida. Tal vez el recuerdo de Sara y David.

—¿Su mujer y su hijo?

—Sí.

—¿Y después?

—No hubo un después, ya se lo he dicho. Además, yo tenía entonces diez u once años. A esa edad las cosas siempre parecen distintas. La publicidad fue horrible. Mi tía era una Viladomiu, de los Viladomiu de Vallvidrera. Empresas, negocios, fortuna...

La clase. La misma que mantenía ella.

—Así que la rica era su tía.

Me miró con acritud.

—No he conocido a nadie que se quisiera más que ellos dos, señor Ros. No hubo braguetazo, se lo aseguro. Juan era muy listo. En pocos años lo demostró multiplicando el patrimonio familiar. Ella besaba el suelo que pisaba él y viceversa. La larga espera por David todavía les unió más.

—¿Larga espera? —pregunté aunque sabía de qué me estaba hablando.

—Mi tía tuvo tres abortos espontáneos, y por lo menos otras dos o tres ocasiones fallidas. Se pasó casi los nueve meses del último en cama, inmóvil, hasta que nació David. Fue la bendición final. Nadie era más feliz. Hasta que aquel loco acabó con ellos. Mi tío tuvo que ser sometido a tratamiento siquiátrico. De resultas del shock sufrió lo indecible, hasta le cambió la voz. ¿Recuerda a aquel actor español, Pepe Isbert? Casi era un calco.

—¿Cómo se llamaba aquel hombre?

—Lorenzo Valls, eso sí lo recuerdo bien.

—¿De qué forma...?

—Puso un artefacto explosivo en los bajos del coche de mi tío. Pero ese día, en lugar de cogerlo él, lo cogieron mi tía y David.

Sentí su frío, porque hablaba desde una enorme distancia. Me contaba las claves de una locura, una marginación y una soledad. Algo que el dinero no palía en absoluto.

Más de cuarenta años.

Tenía un artículo, pero seguía sin tener una causa, ni tampoco ningún por qué.

¿Por qué me había llamado a mí? ¿Qué quería contarme? ¿Qué hacía en la Residencia Aurora?

Demasiadas preguntas.

Mercedes Sanz decidió en ese momento que su tiempo había terminado. Es decir: el mío en su casa.

—Lamento... —se puso en pie.

—Ha sido usted muy amable al atenderme, señora Eguilaz.

Me miró de nuevo, sonriendo dolorosamente.

—Voy a divorciarme de mi marido, señor Ros —me dijo despacio—. Si volvemos a vernos, prefiero que me llame Mercedes, ¿de acuerdo?

Volvió a tenderme la mano. Era lista.

De alguna forma sabía que yo ya conocía la otra parte de la historia, Víctor, Sonia...

Me fui de la casa tan a oscuras como antes, pero con más campanitas repiqueteando y resonándome en la cabeza, con mi instinto advirtiéndome que estaba cerca de algo aunque ni yo sabía de qué.

13

Llegué al periódico con la sensación de que el golpe propinado por el gorila del Paraíso el día anterior me había alterado la psique. Oía campanitas, voces. Eso significaba que mi instinto me estaba gritando algo. ¿Pero qué? Repasé la conversación mantenida con Mercedes Sanz sin tropezar con nada nuevo. Y no se trataba sólo de eso. El primer día, nada más salir de la Residencia Aurora, la campanita y las voces ya habían empezado a sonar y gritar. Y entonces Alberto todavía no me había atizado.

¿Qué se me escapaba?

¿Qué había visto u oído sin ser capaz de retenerlo y darle forma?

Me duele la impotencia, así que aterricé en la redacción de muy mal humor. E iba en aumento. Demasiado para ir a ver a Carlos y decirle que estaba cerca pero que aún no podía escribir nada ni aventurarle el menor detalle de lo que me ocupaba. Me alegré de no localizarle detrás de los cristales del cubículo. Y me alegré todavía más, tanto como para hacerme olvidar momentáneamente el mal humor, al ver a Carmen, más guapa de lo habitual. Me dio por pensar que la proximidad de nuestra cita le daba alas.

Me guiñó un ojo desde la distancia y luego apartó la vista como una adolescente.

Eso me hizo sentir igual que un sátiro.

Con Ángeles, mi mujer, todo había sido distinto.

Tal vez Carmen fuese una respuesta.

Me senté en mi mesa y me concentré en las campanas de los demonios y las voces de las narices. Nada. En blanco. La primera vez había sido en el despacho de Eulalia Ramos, en la Residencia Aurora. La segunda hacía un rato, hablando con Mercedes Sanz.

Cerré los ojos, para concentrarme, aunque es difícil hacerlo en la redacción de un periódico, y entonces sonó el teléfono.

—¿Sí?

—Un tal Paco Muntané —me anunció la telefonista con desgana—. ¿Te paso?

—Sí, sí.

Me olvidé de lo demás. El gran súper poli se dignaba llamarme.

—Hola, súper poli. ¿Te has dignado llamarme?

—Menos coñas, ¿crees que ando todo el día haciendo el vago, como tú?

—Trabajas más horas, pero eso es todo.

—Mira, Dan, no me vengas con chorradas que llevo un par de días...

—¿Por lo de Bárcenas?

—¿Te crees que es el único delito que investigo? Anoche alguien se dedicó a matar colombianos en plena Barceloneta. ¿No lees ni tu propio periódico o qué?

—Pues no —fui sincero.

—Deberías hacerlo. ¿Me has estado buscando?

—Sí.

—Si es por lo del viejo, no hay nada. Hablé con la sobrina y se quedó a cuadros con eso de la residencia. Ese hombre llevaba retirado y jubilado la tira de años, encerrado en su casa sin ver apenas a nadie. No tenía problemas económicos. Su mujer era una Viladomiu.

—De los Viladomiu de Vallvidrera, ya.

—¿Has estado con la sobrina?

—Sí.

—Lo imaginaba. ¿Has averiguado algo más por tu cuenta?

—De Juan Bárcenas, no. Pero sí he estado bastante ocupado con algunos flecos del caso, aunque aparentemente no guardan relación con él.

—¿Se supone que han de interesarme, porque ahora mismo tengo que...?

—Pedro Jofresa —se lo solté de golpe.

Logré captar su atención. Eso me indicó que sabía de quién le estaba hablando. No dijo nada de "¿Qué?" o "¿Quién es ese?". Me tomé mi tiempo para dejarle reaccionar.

—¿Qué sabes tú de ese tipo?

—¿Yo? Le conocí anoche. Vino a hacerme una visita a mi casa.

—Dan...

—Te lo juro. ¿Qué sabes tú de él?

—Está relacionado con el juego ilegal en Barcelona, aunque no hemos podido probarle nada. Organiza partidas clandestinas con gente que quiere apostar fuerte. Suele haber mucho dinero en esos tapetes. Ahora dime que pinta él con lo del viejo de la residencia y por qué fue a verte a tu casa.

—No sabía que hubiera una mafia del juego en Barcelona.

—Si quieres una noche te paso el listado de lo que no pillas —suspiró—. ¿Quieres soltar de una vez lo que sabes, pesado?

No tenía un buen día, era evidente. Por lo general solemos tener una complicidad a prueba de malos rollos.

—La Residencia Aurora acoge ancianos y ancianas. Algunos de esos ancianos y ancianas, pese a vivir en ella y ser de lo más cutre, mantienen sus casas, por miedo a perderlo todo. Es más, yo diría que Eulalia Ramos, la dueña, da preferencia a los viejos que tienen una propiedad o siguen pagando el alquiler. ¿Para qué? Muy simple: ella tiene las llaves de esas casas y, por un lado, las alquila a parejas que buscan paz para montárselo y, por el otro, a Jofresa para que organice sus partidas. Un tal Dalmau, de un top-les llamado Paraíso, es el enlace principal.

Volví a sorprenderle, porque el silencio fue ahora mayor.

—A veces me desconciertas —reconoció.

—¿No me digas que no teníais ni idea de cómo se lo montaba el tal Jofresa?

—Hasta hace un año había un par de grupos metidos en eso. Luego apareció Jofresa y no sólo se hizo un hueco, sino que acaparó el mercado. Las principales partidas son ahora suyas, y con jugadores que pueden permitirse el lujo de perder lo que quieran. Si tiene una variedad de lugares a los que acudir, es muy difícil que se le coja. Y no sólo la policía o los mossos d'escuadra, porque eso es cosa suya. También están los otros. El año pasado dos de esas partidas fueron interrumpidas a tiros, y todo para hacerse con el control.

—Eso sí lo recuerdo —reconocí.

—Pues ya está, listo.

—Así que esto os aclara bastante el panorama.

—Sí. Y oye... —la preocupación de amigo apareció en su voz—. Esos no se van con chiquitas.

—Dímelo a mí —pensé en mi cabeza.

—¿De verdad Jofresa vino a verte a tu casa?

—Sí, pero es una larga historia. Te la contaré con calma cuando cenemos.

—Dan, que esto es peligroso.

—Ya me lo dijo Jofresa. Si me mata por largártelo todo espero que me vengues.

—No seas crío, hablo en serio.

—Yo también —manifesté—. No vayas a por él mañana mismo y no creo que me relacione con lo que se ve caer encima.

—Júrame que no harás nada...

—Voy tras lo de Juan Bárcenas, el lado humano, aunque reconozco que lo otro es apetitoso.

—Si escribes algo de eso estás muerto.

—Ya, ya. Por eso prefiero a Bárcenas. Aún no sé por qué me llamó ni qué quería contarme, aunque...

La campanita.

"Aún no sé por qué me llamó"

"Me llamó".

Cerré los ojos intentando retener el momento, la idea, la luz que trataba de abrirse paso por mi mente.

—He de dejarte, Dan —se despidió Paco.

—No mates a nadie hoy —me dio por bromear.

—Y tú procura que no te maten a ti.

Paco sabía donde darme para que me doliera.

Colgamos los dos al mismo tiempo.

14

Los archivos de los periódico son un tesoro. La memoria, no sólo de un medio informativo, sino de la vida en la ciudad, en España y en el mundo en general durante un buen montón de años. Los de mi periódico, por ejemplo, se remontan a un siglo. Todo está en ellos.

A veces me ha dado por curiosearlos, por afán masoquista, por sentirme pequeño, para comprender que lo que escribo hoy alguien puede leerlo dentro de cien años más y todas esas cosas románticas que me dan cuando me pongo sentimental. Esta vez sin embargo buscaba algo en concreto.

Algo sucedido más de cuarenta años antes.

Cuarenta y tres, había dicho Mercedes Sanz.

Cogí el primer tomo del año en cuestión y me senté en una mesa amplia porque el primer tomo del año en cuestión era un mamotreto de mucho cuidado. En las películas americanas, cualquier periódico, por pequeño que sea, lo tiene todo microfilmado. Perfecto. La realidad debe de ser otra, incluso allá, pero queda muy bien eso de tenerlo todo microfilmado. Aquí estamos en España, y la informática llegó hace dos días. Aquí cuando quieres buscar algo has de irte al archivo, y empezar a pasar páginas polvorientas mientras te lo tomas con calma, con mucha calma.

Empecé a revisar la historia.

Espectáculos, deportes, política, sociedad... todo pasó por delante de mis ojos mientras buscaba la noticia de marras.

La encontré en noviembre, es decir, en el cuarto tomo del año.

El titular era notable, a tres columnas: "Brutal asesinato de una mujer y su hijo de tres años". Debajo leí: "Sara Viladomiu, hija de Jaime Viladomiu Matas, y su hijo David, murieron al instante al estallar un artefacto explosivo situado en los bajos de su coche".

En esa primera noticia de lo único que se hablaba era del atentado, y de quiénes eran los Viladomiu. El articulista cargaba tintas. Había frases jugosas, dignas de la mejor novela cutre, "iniquidad brutal de unas mentes sucias y perversas", "dramáticas escenas con el marido de la víctima volcado sobre los despojos de su mujer y de su hijo" y cosas por el estilo.

Salvo esto, nada del asesino.

En el periódico del día siguiente sí.

"Detenido el asesino de Sara Viladomiu y de su hijo".

En el titular más pequeño se leía: "Lorenzo Valls, un ex-convicto perturbado, se entrega a la policía".

Luego el reportaje, sin mucho más, sin precisar los aspectos íntimos o internos del caso. Por ejemplo, no se decía en ninguna parte la relación del tal Valls con Juan Bárcenas y su esposa. Sólo que la policía seguía haciendo indagaciones para esclarecer los hechos.

Tuve que pasar al tercer día.

En el nuevo artículo, todavía en gruesos caracteres y a tres columnas, se hacían finalmente algunas especificaciones. Leí que Lorenzo Valls, "al parecer", había tenido "una relación anterior con Sara Viladomiu", y también que el hombre, "un pobre diablo" según el periódico, había "quedado perturbado y traumado a causa de ella". Lo de que fue a parar a la cárcel por robo era la guinda, aunque no se decía en que parte de su vida se produjo tal coyuntura.

Eso era todo.

En lo primero que pensé fue en que si los Viladomiu eran tan poderosos y había algo más detrás del atentado, no iba a encontrarlo allí.

Hasta el cuarto día no se aclaraba que, en realidad, a quien Lorenzo Valls había querido matar era a Juan Bárcenas. Su fallo, el azar, el destino, que había querido cambiar a los personajes de la historia, haciendo que Sara y David subieran ese día al coche de Bárcenas. Por esa razón Lorenzo Valls se había entregado.

Su foto acompañaba el texto de ese cuarto día.

Los restantes artículos menguaban rápidamente en tamaño, datos, interés y todo lo demás.

Hasta desaparecer del periódico.

Seguí pasando páginas, a la búsqueda del juicio, y cuando llevaba ya lo mío y empezaba a pensar que no lo hubo o que se había demorado muchísimo, hallé la primera referencia: Lorenzo Valls, el asesino de Sara Viladomiu y David Bárcenas, había intentado suicidarse en la cárcel. Allí se decía que el juicio se iniciaba en tres semanas.

Para mi sorpresa, todo lo relativo a la causa instruida contra Valls era... ¿insuficiente?, ¿pequeño en comparación a la gravedad del caso?, ¿deliberadamente frío e impersonal?

¿Los Viladomiu habían presionado para que todo aquello trascendiera lo menos posible?

Nada de Valls, de su pasado, de su historia, de los motivos, de aquella "antigua relación" con Sara. Nada salvo la reticencia en llamarle exconvicto e insistir en que ya había estado detenido dos años por un robo. Valls había cometido un desfalco. Tal vez porque necesitaba dinero imperiosamente.

Cuando se hablaba de "relación", ¿a qué clase se refería? ¿Sentimental?

Lorenzo Valls había sido condenado a la pena máxima impuesta por la ley. Aún no sé como no le condenaron a muerte, porque el periódico no dejaba de cargar tintas contra él y por entonces todavía vivía Don Francisco y firmaba sentencias de muerte sin pestañear. Tal vez fuera porque, al fin y al cabo, los Viladomiu habían sido republicanos.

Busqué un poco más, pero eso era todo.

Mucho ruido cuando el asesinato. Poco durante el juicio.

Volví hacia atrás y estudié la fotografía de Lorenzo Valls. Soy de los que cree que las caras dicen algo. Aquella, así de entrada, porque no era muy buena, me dijo que el asesino podía ser ciertamente un pobre diablo, pero que justamente por eso, de lo que más cara tenía era de buena persona, de infeliz. Menudo, enteco, nariz prominente, orejas de soplillo, nuez salida, ojos tristes, cejas pobladas, cabello abundante y negro...

Ojos tristes.

—¿Qué pasó? —le pregunté.

No hice fotocopias de nada, aunque anoté los días por si me hacía falta volver a consultar. Guardé el último de los volúmenes en la estantería y salí del archivo con la cabeza hecha un lío.

Carmen no estaba allí, en mitad de ninguna parte, por casualidad.

—Hola —me detuve frente a ella.

—Hola.

—¿Sucede... algo?

Hizo un mohín de inquietud.

—¿Puedo hacerte una pregunta?

—Claro.

—Prefiero ahora que el sábado.

—Adelante.

—¿Quieres todavía a tu mujer?

¿La quería?

—Una vez leí una frase muy bonita. Decía "No odies nunca a quien antes hayas amado". Supongo que es de difícil aplicación en la vida real, pero me gustó. Yo no odio a mi ex, pero de ahí a seguir queriéndola... Fue una parte de mi vida, y ya pasó. Para bien o para mal, tenemos un hijo, así que eso seguirá uniéndonos, lo queramos o no. Pero si lo preguntas por si soy un traumado, como tantos divorciados, la respuesta es no. Me ciño a lo que hay y a las circunstancias que me rodean.

Suspiró y sonrió levemente.

—Eres raro —me dijo.

—No, no lo soy. ¿Lo dices porque no aprovecho lo que me sale? Eso no haría más que complicar las cosas. Tú mereces más que un salido o uno que se apunte a lo que pilla.

Me quedó bien. Me di cuenta. Y hasta me sentí un tanto cínico.

Aunque decía la verdad.

Eso era lo más triste: la decía.

Así que... sí, era raro.

—El sábado —fue lo único que dijo Carmen, reafirmando nuestra cita.

Recordé el beso. Yo estaba a punto de caer.

Y qué diablos...

—El sábado.

La vi alejarse con todas las promesas y sugerencias, muchas más de las que me había dado Ángeles en toda nuestra relación. Comprendí que uno nunca sabe el sabor de las cosas hasta que las prueba. Y en eso no tiene nada que ver la edad.

Ninguno de los dos era ya un niño.

Me sentí mejor. No sé por qué, pero me sentí mejor. Carmen ya no parecía una loca dispuesta a tender la caña, ni yo un divorciado raro reacio a complicarme la vida. Qué diablos.

Hay que vivir.

Me costó dejar de pensar en Carmen y en lo que prometía la noche del sábado para volver a concentrarme en mi dichoso rompecabezas.

15

Por un lado, la historia de por qué Juan Bárcenas había sido un muerto en vida, amargado, solitario y, según Víctor Eguilaz, loco. Por el otro, el eslabón del juego ilegal, con Eulalia Ramos, Pedro Jofresa, Dalmau y los otros. ¿Alguna relación? ¿Era casual que Bárcenas hubiera ido justamente a la Residencia Aurora, una tapadera mafiosa, teniendo dinero para comprar una docena o más como ella? ¿Había sido víctima de una partida? ¿Quería desenmascararles desde dentro? ¿Quería que su piso fuese escenario de una partida por alguna razón?

Me pregunté si Paco había registrado ya el piso a fondo. Tal vez hubiera cámaras.

Juan Bárcenas había ido a la residencia buscando algo, o por un motivo esencial. Alguien se le adelantó y le mató esa misma noche.

¿Quién?

El hombre de los apodos estaba en su sitio. Ignacio le llamaba Archivo. Yo prefería Memoria. A él no le gustaba ninguno, pero se sentía orgulloso de ellos.

—Ricardo, ¿tienes un minuto?

—Nunca es un minuto, Daniel —me dijo empleando ya de entrada su veterana filosofía—. Pero puedes preguntar.

Estaba habituado. Todos le buscaban, todos le preguntaban. ¿Para qué molestarse en indagar algo o perder el tiempo vía Internet o registrando archivos, si Ricardo lo tenía todo en su cabeza perfectamente disponible?

Me miró paciente, desde sus muchos años. Tenía que estar jubilado pero no le dejaban. A él no. Su memoria era única.

Por lo menos nos caíamos bien.

—Viladomiu —dije a modo de tanteo.

—¿El jugador de hockey, el pintor, el poeta, el constructor o los de la saga de Vallvidrera?

Mantuve el tipo ante ese primer alarde de facultades.

—Los de Vallvidrera.

—Jo, tío —se puso en plan moderno—. Hay libros enteros dedicados a la familia. Hablas de la Historia, con mayúscula.

—Me quedo con la muerte de Sara Viladomiu y de su hijo David, hace cuarenta y tres años.

—Un suceso impactante en su momento, sí señor —asintió—. Un tipo le puso una bomba al coche del marido pero ese día lo cogió la mujer. Resultado: bum —hizo un gesto expresivo cerrando y abriendo los dedos de ambas manos hacia arriba—. No quedó nada.

—He mirado en los archivos. Hay datos acerca de lo sucedido, pero apenas sí se habla del asesino, un tal Lorenzo Valls. Solo se dice que tuvo una relación con Sara Viladomiu, pero ni siquiera se especifica que clase de relación. ¿Sentimental?

—Eso ya no lo sé. No trascendió mucho del tema. Los hechos y nada más. Imagino que por causa de los mismos Viladomiu. Debieron de tratar que la cosa trascendiera lo menos posible, por el bien de la familia, claro.

—Es lo que imagino. Por eso del juicio aún hay menos información.

—Lo recuerdo, aunque yo estaba empezando aquí por entonces y era un crío. Miguel Ponsá se ocupó de ello —señaló una mesa en la que ahora estaba sentada una chica joven, becaria—. Me comentó que el abogado del acusado era un imbécil que no se aclaraba. No pudo ni meter baza. La fiscalía y todo el equipo de los Viladomiu lo aplastó sin remisión. Cada vez que intentaba hablar del pasado, supongo que para justificar o tratar de buscar una causa en la que apoyarse para defender a su hombre, alguien le decía que no era pertinente. No diré que ese juicio estuviese amañado, porque la culpabilidad del tipo estaba probada ya que él mismo se entregó, pero desde luego no tuvo la menor oportunidad. Y además tenía antecedentes. ¿Qué quieres? Lo que hubiera en el pasado entre ellos quedó sepultado por la jerga legal y las artimañas de los abogados, que se las sabían todas.

—Así que no se sabe nada de Lorenzo Valls.

—No. En el juicio estuvo hundido, ni tan sólo habló. Creo que intentó quitarse la vida.

—¿Y el marido de Sara?

Ricardo se encogió de hombros.

—Ni idea. Luego desapareció. Pero te diré algo: la muerte de Sara Viladomiu tuvo secuelas. A los dos o tres años murió su madre, dicen que víctima de la tristeza, y su padre, Jaime Viladomiu Matas, lo hizo no mucho después, cinco o seis años. Fue el fin de la saga en cierto modo, porque Sara era hija única. Las hermanas de Jaime heredaron el tinglado, pero luego, con la muerte de Franco y los cambios de este país... En fin, que ahora sólo queda el nombre y la leyenda, aunque en Vallvidrera sigue existiendo la mansión Viladomiu y por supuesto quedan esas dos hermanas y sus hijos.

—Toda una historia, ¿eh?

—No llega al bombazo del crimen de los Urquijo, pero... tuvo su miga, sí. ¿Puedo hacerte una pregunta?

—Claro.

—¿Por qué te interesa esto, Daniel?

—¿Has leído el periódico estos días? ¿Lo del viejo asesinado en una residencia de la tercera edad?

Ricardo abrió los ojos.

—Juan Bárcenas, por supuesto —lo asoció al instante.

—Me llamó para contarme algo, y lo mataron antes de que pudiera hablar conmigo.

—¿Cómo te lo haces para meterte siempre en líos? —me sonrió.

—Debo ser como ese papel pegajoso que atrae a las moscas.

—Parece una buena historia —consideró Ricardo.

Pensé en la zona oscura: Jofresa.

—Depende —le guiñé un ojo—. Gracias por la información.

—Cuéntame, ¿vale?

—Descuida. Serás el primero —pensé en Paco—. Bueno, como mucho el segundo.

Dejé a Ricardo y me fui a ver a Carlos, para decirle que podía escribir cualquier otra chorrada como la del día anterior, pero que, de momento, del crimen de la Residencia Aurora, aún estaba en bolas.

Claro que siempre podía hacer testamento y luego escribir lo del juego ilegal en Barcelona.

16

Salí temprano del periódico, porque me limité a escribir una columna de opinión y eso fue todo. A Carlos le dije parte de la verdad, y para cubrirme, le hablé de lo del juego ilegal y de que me habían amenazado veladamente de muerte si abría la boca.

—¿Tienes miedo? —me preguntó mi jefe de redacción.

—Sí —le respondí.

Eso aclaró las cosas. Pero la historia seguía siendo buena. Sobre todo si, como imaginaban ahora Paco podía apretarles las clavijas a todos los de esa mafia. Le bastaba con seguir a Eulalia Ramos y al contacto de la moto, Esteban, y también con vigilar el Paraíso. En cuanto cayeran, yo tendría las manos libres para escribir lo que me diera la gana.

Ventajas de que tu mejor amigo sea inspector de policía.

Estaba pensando en lo de que a Paco le bastaría con seguir al personal de la residencia y del Paraíso cuando me di cuenta de que al que seguían era a mí.

Fue casual, iba despreocupado, pero desde luego no era un accidente.

Primero vi la moto en un semáforo. Después en otro. Siempre a unos diez metros de distancia. Por lo general, las motos se meten por entre los coches hasta situarse en primera fila y así salir zumbando. Que una no lo hiciera, chocaba. Que una se mantuviera siempre a una prudente distancia, chocaba. Que una doblara siempre por las mismas esquinas cuando empecé a dar vueltas para estar seguro, ya no chocaba: es que la tenía pegada a mi cola.

No era Esteban. Parecía un tipo más corpulento. Ni tampoco su moto. Esta era potente, de gran cilindrada. Así, de buenas a primeras, me entró un sudor frío. Pensé que iban directamente a por mí y adiós a posibles problemas. Luego me dije que si querían hacerlo, no tenían porque seguirme. Les bastaría con ir a mi casa, o fingir que me atropellaba un loco.

Me seguían para ver qué hacía y por donde me movía.

Así de fácil.

Me mordí el labio inferior hasta hacerme daño y me sentí desprotegido, pero aún más desconcertado. Uno no está preparado para según que cosas. Yo aún creía que los periodistas tenemos una especie de bula pontificia. Por lo menos los que no vamos de corresponsales de guerra a lugares donde te disparan balas y cañonazos de verdad. Y sin embargo había mafias, crímenes, ajustes de cuentas, mucho dinero moviéndose siempre de un lado a otro, corrupción. ¿Daniel Ros Martí sabe demasiado? Adiós, Daniel Ros Martí.

Tenía que comprarme un móvil.

Si me lo había dejado en alguna parte, ya no iban a devolvérmelo. Así que necesitaba un maldito móvil para momentos como ese, o sea, cuando te sigue un matón de la mafia del juego ilegal y piensas que van a pegarte un tiro.

—Mierda... —suspiré.

Si iba a ver a Paco, que era mi intención, el que me seguía pensaría que me estaba yendo de la lengua. Ellos no sabían que mi mejor amigo es poli. Más aún, de saberlo, ya me habrían matado mucho antes. Por lo tanto, nada de ver a Paco.

Y tenía aquella pregunta clavada en mitad de mi conciencia.

Circulaba por el Ensanche, así que detuve el coche en una esquina, que para eso están, al ver una cabina telefónica. Esperé a ver qué hacía el de la moto, y pasó de largo, pero se detuvo en la siguiente, al otro lado de la calle. Fingió estudiar el carenado de máquina, sin quitarse el casco. Me bajé y sin dejar de observarle de reojo, por si corría hacia mí, esperé a que la señora que hablaba por teléfono en la cabina terminase la perorata, que fue bastante larga. Tenía un montón de monedas sobre la repisa, así que me alarmé. Podía esperar, o subir de nuevo al coche y buscar otra cabina. Esperé.

Y para dar más consistencia a mi vigilia, me dediqué a dar vueltas en torno a la cabina, para que la mujer me viera.

Me vio.

Pero como si nada.

Tardó siete minutos en salir, y encima me lanzó una mirada cargada de reproches, por haberla molestado o escuchado. Se fue calle abajo rezongando algo entre dientes y tuve ganas de ir tras ella para...

El tipo de la moto seguía ocupado con lo suyo. Ni se había quitado el casco.

Marqué el número de Paco en la Central y comprobé que no andaba muy sobrado de monedas, así que lo tenía crudo se mirase por donde se mirase. Con un ojo fijo en mi perseguidor, pasé los pertinentes controles hasta llegar al último. Era una hora rara, final de la tarde, comienzo de la noche. Paco podía estar ya en su casa, aunque se me hacía raro.

Por una vez, tuve suerte.

—¿Dan, qué quieres?

—Me siguen —quise alarmarle.

—¿Quién? —su tono fue más neutro de lo que esperaba.

—Uno, en una moto.

—¿Dónde estás?

—En una cabina, en el cruce de Aribau con Córcega.

—¿Ves la matrícula?

—Sí, espera... —agudicé la vista y se la deletreé.

—Por lo menos si te pasa algo tendremos por donde empezar.

—¿Y si empiezas por evitar que me pase algo?

—No creo que te hagan nada. Sólo quieren estar seguros de que no metes la pata. Tendrías que decirle a Jofresa que te dejas untar o algo así. En un par de días acabaremos con ellos. En cuando aparezcamos en la primera partida que hagan.

—O sea que he de estar un par de días con el culo apretado.

—¿Quieres que te ponga protección?

—¿Tenéis agentes femeninas, solteras, treinta años...?

—Dan...

—Está bien —me resigné—. Oye, tengo una pregunta que hacerte. ¿Tienes por aquí el listado de personas de la Residencia Aurora?

—Sí, ¿por qué?

—Comprueba si un tal Lorenzo Valls está entre ellos.

—¿Para qué?

—¿Quieres comprobarlo? Si está, te lo digo. Si no, nada, pista falsa.

—¿Una corazonada?

—Sí.

—Vale, espera. ¿Lorenzo Valls?

—Lorenzo Valls.

Esperé un minuto. Eché otro euro por la ciega boca de la cabina. Era insaciable. Me quedaba otro euro y un par de monedas, una de diez y otra de veinte céntimos. Cuando Paco regresó cerré los ojos y crucé los dedos.

—Ningún Lorenzo Valls —me dijo.

Los abrí y los descrucé.

Hubiera sido demasiado fácil.

Así que volvía a estar igual, con el misterio de por qué Juan Bárcenas me había llamado tras meterse en un geriátrico y con la sombra de Pedro Jofresa aleteando sobre mi cogote.

Me quedaba un único camino.

Volver a la Residencia Aurora.

Tratar de saber por qué en el despacho de Eulalia Ramos se me había atravesado algo y llevaba todo ese tiempo intentando descubrir qué había sido.

La maldita campanita.

Pero si a un periodista le quitas el instinto, ¿qué le queda?

Salí de la cabina y un hombre al que no había visto se precipitó en ella mientras me espetaba:

—¡Ya era hora, por Dios!

La vida es una cadena. Siempre estamos entre dos eslabones. La mujer que me había fastidiado a mí, el hombre al que yo estaba fastidiando. Un asco. Llegué al mini, miré al de la moto y me resigné a mi suerte. Paco tenía razón.

Crucé la calle por el semáforo y me acerqué al tipo. Se puso de espaldas, creyendo que iba a pasar por su lado. Se llevó una sorpresa mayúscula cuando me detuve a su lado y le toqué el hombro. Se incorporó. Por el cuadrado formado por la visera de su casco, con las mejillas apretadas por los protectores laterales, vi una cara cetrina, abesugada. Los ojos titilaron por el desconcierto. Supongo que la orden era seguirme, no hablar conmigo.

Se quitó el casco.

—Escucha —le dije lo más directamente que pude y con cierto empaque que estaba muy lejos de sentir—, dile a Jofresa que no soy idiota, que capté el mensaje.

—¿Cómo dice?

—Lo que has oído. No hace falta que me sigas ni que perdamos el tiempo. Ando detrás de una noticia y no tiene nada que ver con él. Tranquilo, ¿de acuerdo?

—Oiga, ¿está loco o qué?

—Si lo prefieres así, sí, estoy loco. Si no, ya sabes. Pásale el recado. Si me quiere regalar un televisor de plasma para sentirse más seguro, estupendo. Y si me financia un viaje a Varadero, lo mismo. Tú díselo así mismo, ¿vale?

Me miró muy serio. Ya no disimuló más. No hacía falta. Lo único que yo pretendía era ganar tiempo. Si creía que me tenía cogido, o que esperaba su oferta de dinero, tanto me daba. Necesitaba un día, dos a lo sumo. Paco se encargaría de ellos.

Y yo de la muerte de Juan Bárcenas.

Le di la espalda al de la moto, crucé de nuevo la calle, esta vez por la parte ancha y corriendo porque venían los que subían por Aribau a toda pastilla, y me metí en el mini.

El de la moto ya estaba subido a su máquina.

Hablaba por el móvil.

Esperé a que terminara la conversación, por si acaso. No tardó demasiado. Cortó, se guardó el móvil y puso en marcha su moto.

Se fue por Córcega, en dirección a la Escuela Industrial.

Suspiré más tranquilo.

Luego arranqué el mini y subí por la calle Aribau, para llegar cuanto antes a la Residencia Aurora.

17

Esta vez aparqué el coche frente a la entrada de la Residencia Aurora. La claridad del día se mantenía. Un hermoso atardecer veraniego lleno de colores y aromas, con las horas prolongadas perezosamente en la paz de aquel silencio al que ni la proximidad de la Ronda de Dalt parecía transgredir.

Llené los pulmones de aire, como si supiera que en los próximos minutos me iba a resultar difícil respirar.

Después me acerqué a la puerta y llamé.

Casi parecía imposible que detrás de aquella puerta no hubiera otra cosa que un almacén de residuos humanos bajo la patina legal de una sociedad injusta que los marginaba como algo ya inútil y una administración que toleraba piratas como Eulalia Ramos.

No me abrió ella, sino María.

—Buenas tardes —me saludó.

Por detrás de ella apareció la inevitable silueta de la señora Encarna, la mujer que esperaba inútilmente la llegada de su hija Doro.

—¿Es mi hija? —balbuceó su voz.

—No, señora Encarna, no es su hija. Y haga el favor de apartarse, ¿quiere? —la reprendió María, aunque con menos agresividad que su jefa.

—Es que hoy tiene que venir, ¿sabe? —logró mirarme a mí a pesar de la barrera que formaba María, y por alguna extraña razón, me reconoció. Así que orló las facciones con una sonrisa tímida y me saludó—: Ah, hola, señor.

—Buenas tardes, señora Encarna —le desee.

Ella miró por detrás de mí, buscando, siempre buscando en su larga espera.

—Mi hija es muy buena, ¿sabe? —insistió.

Sentí un extraño nudo en la garganta. Y hasta quise gritar.

—Claro que sí, señora Encarna —musité sin apenas voz.

María esperaba. No estaba muy segura de si dejarme pasar.

—¿Está la dueña? —pregunté yo.

—Sí, claro...

Vaciló, pero ya no le di pie a nada. Entré y la obligué a cerrar la puerta para que la señora Encarna no se colara por el hueco y fuese en pos de Doro.

—Si quiere hacer el favor de esperar...

—De acuerdo.

—Vamos, señora Encarna. No se quede aquí. Si viene su hija yo la llamo. Tranquila.

La empujó por el pasillo y la anciana se dejó arrastrar. Sabía que antes de cinco minutos volvería a situarse en su eterno puesto de observación. Todo el día allí, de pie.

Todo el día.

Miré la puerta del despacho de Eulalia Ramos, junto a la de acceso a la residencia.

La señora Encarna se pasaba el día allí.

Tuve un sobresalto.

Un millón de voces se disparó en mi mente.

La puerta del despacho. La señora Encarna. La puerta del despacho. La señora Encarna. La obsesión se hizo angustia.

Sentía que estaba tan cerca que...

—¿Otra vez usted? —tronó la nada amigable voz de la dueña de la residencia.

Las voces desaparecieron.

—Buenas tardes.

—¿Que quiere ahora? —Eulalia Ramos se plantó delante mío, con los brazos cruzados sobre el pecho, belicosa.

—Me gustaría echar un vistazo por aquí.

—¿Para qué? —se puso aún más a la defensiva.

—No la molestaré más, se lo aseguro —evité darle unas explicaciones que no tenía.

No cedió un ápice.

—¿No cree que los pobres viejos ya tuvieron bastante el otro día? No sabe lo que les deprime la muerte de alguno de ellos. Y encima un asesinato...

—¿Siguen inquietos?

—Mucho, y se les nota. Están dando un trabajo... ¿Por qué no les deja en paz?

—He de escribir un artículo.

—Bastante me están crucificando los medios informativos —lamentó Eulalia Ramos—. Que si esto es infecto, que si están hacinados, que si van a investigarme unos y otros... Yo tengo los permisos y los papeles en regla, ¿vale? Que yo sepa el señor Bárcenas fue asesinado, no se murió por malos tratos ni porque estuviera sucio ni porque hubiera comido algo en mal estado.

—Entonces puede que necesite un amigo que la defienda —sugerí yo.

—¿Lo haría?

—Aún no he hecho mi artículo —afirmé—. Juan Bárcenas me llamó para contarme algo, y no pararé hasta que no sepa qué era. El otro día no pude hablar con los ancianos y ancianas, ni ver apenas nada, ¿recuerda? Le juro que no molestaré nada.

—Me los alterará. Están muy nerviosos y las caras extrañas...

No me moví de mi sitio. Eso la hizo ver que no iba a librarse de mí con facilidad. Imaginé que ya tendría bastantes problemas con Jofresa y Dalmau como para encima enfrentarse conmigo.

—De acuerdo —se rindió—. Pero no me los aturda ni empiece a hacerles preguntas, ¿vale? Cenamos en una hora.

Ese era mi tiempo.

—¡María! —llamó a su chica-para-todo.

—Prefiero estar solo, si no le importa.

La desconfianza aumentó.

Pero fue la batalla final.

—¡Haga lo que le de la gana!

—Gracias.

No se movió de dónde estaba, así que iba a ponerme en marcha cuando miré la puerta de su despacho y recordé algo.

La campanita.

Y casi por asociación, de pronto, dije:

—¿Puedo hacer una llamada telefónica?

18

A Eulalia Ramos se le estaba acabando la paciencia. Con mi petición debió de llegar casi al límite.

—¿Es usted periodista y no tiene móvil? —me espetó.

—Lo perdí hace unos días.

—¡Señor! —suspiró.

Abrió la puerta del despacho y entramos.

Miré el teléfono con el candado.

La primera vez, las voces, las campanitas, habían comenzado allí mismo, con él. Podía recordarlo.

Eulalia Ramos sacó una llave de uno de los bolsillos y retiró el candado que impedía discar en el viejo aparato de color gris.

—Hay que tener las cosas así —justificó lo del candado—. De noche más de uno y de una se levantaba y ponía conferencias con un hijo en el pueblo o una hija en cualquier parte del mundo. Una vez tuve a uno que hacía llamadas a números eróticos. ¡Me costó la torta un pan!

Yo no tenía que hacer ninguna llamada. Lo único que deseaba era estar allí dentro, observar, recuperar aquella sensación del primer día, cuando mi instinto me quiso advertir de algo y no le hice caso. Marqué una cifra, dos. Pero Eulalia Ramos no hizo ademán de dejarme solo. Fingió ordenar unos papeles de su mesa.

Marqué el tercer número, y el cuarto.

Era el teléfono de mi casa.

Luego supongo que tuve suerte.

Primero escuchamos unas voces, después unos gritos, y finalmente fue María la que empezó a anunciarse por el pasillo a medida que se aproximaba hasta nosotros. Algo estaba sucediendo.

—¡Señora Eulalia! ¡Señora Eulalia!

Eulalia Ramos llegó hasta la puerta al mismo tiempo que María se asomaba por el quicio.

—¿Qué demonios está pasando ahora? —gimió la dueña de la residencia.

—¡Es la señora Manuela! —gritó María—. ¡Le ha dado uno de sus prontos y lo está tirando todo por el suelo y rompiendo las sábanas! ¡Y ya sabe que cuando se pone así, yo no puedo con ella! ¡A la única que hace caso es a usted!

Eulalia Ramos me lanzó una mirada desasosegada.

—¿Ve lo que le decía? —argumentó—. Vuelva a poner el candado cuando termine, haga el favor.

Se fue con María.

Y yo colgué el auricular.

Tenía la misma sensación de la primera vez, pero todavía no ataba los cabos sueltos.

El teléfono.

¿Qué tenía que ver el teléfono con...?

No perdí el tiempo chocando contra mi bloqueo mental. Disponía de un par o tres de minutos. Lo primero que hice fue abrir los cajones de la mesa despacho, un viejo mueble de madera que pudo conocer tiempos mejores y oficinas menos siniestras. Papeles, recibos, documentos... Les eché un vistazo a algunos pero no vi nada que motivara un interés mayor.

Lo que buscaba estaba en el último cajón de la derecha.

Saqué la libreta de tapas negras y la abrí. Me bastó un segundo para saber qué era aquello. Desde luego a Paco le iba a servir de mucho. Por un lado, el listado de pisos disponibles para partidas o para alquiler a parejas necesitadas de intimidad. Por el otro, fechas, ingresos, comisiones, nombres. Un pequeño tesoro.

Me sentí tentado de llevármelo, pero no sabía donde meterlo. Ni me cabía bajo la camisa ni era aquello lo que había ido a buscar allí.

Volví a meterlo en el cajón.

En ese instante, por la puerta abierta del despacho, apareció alguien.

Tuve un susto de muerte.

Me tranquilicé al ver a la inefable señora Encarna, de vuelta a su vigilia.

Nos sonreímos.

Y ella pareció deshacerse en ternuras.

Removí un poco más, los archivos, un mueble, pero sin mejor resultados. Incluso tuve suerte de que la señora Encarna estuviese allí. Me bastó ver como ella miraba pasillo arriba para darme cuenta de que Eulalia Ramos estaba de vuelta. Me situé junto a la mesa y me entretuve en colocarle el candado al teléfono.

—¿Ya está? —me taladró su voz.

—Sí, gracias. ¿Algún problema?

—Una, que está loca, pero de verdad. De vez en cuando tiene ataques de yo qué sé qué y hay que calmarla.

—No hablaré con ella.

—Haga lo que quiera —parecía fastidiada—. Nadie te agradece nada.

Salí al pasillo y la dueña de la residencia cerró con llave su despacho. Luego me acompañó un trecho, hasta la sala de la televisión, donde conté once ancianos y ancianas, cuatro hombres y siete mujeres. Eulalia Ramos me dejó allí, pero a mí me bastó con dar una ojeada para seguir mi periplo.

Abrí una puerta. Vi a una mujer en una cama, inmóvil, como un cadáver prematuro. Olía muy mal. Lo sórdido de la escena me hizo estremecer. Podía imaginarla a ella de joven, con veinte o treinta años, guapa, fuerte, segura, incapaz de imaginar un futuro tan lúgubre. Y no sólo era esa mujer. Eran todos.

El dolor de la vejez.

Un dolor nada silencioso, al contrario.

Formaba el más cruel de los estruendos.

Abrí otra puerta. Me quedé de piedra. Dentro había un anciano y una anciana en una cama, abrazados bajo las sábanas. Pedí perdón por la interrupción y cerré de inmediato.

María pasaba junto a mí en ese momento.

—Llevan juntos dos años, desde que él llegó aquí —me dijo—. Se consuelan mutuamente. A sus años.

Vi ternura en sus ojos.

Amor en los tiempos de la última cólera.

No quise abrir más puertas. No sabía qué estaba buscando. Bueno, en parte quería ver a todos los habitantes del infierno. Sólo eso.

A lo lejos escuche una voz de hombre, rota, castigada por años de tabaco.

—¡Esto es caca! ¡Y está pegada a la pared, por Dios! ¡Dígale a la señora García que no lo haga más! ¡Es un asco!

—¡No me grite, señor Cancedo!

—¿Que no le grite? ¡Ahora entiendo porque está soltera! ¡Es usted una bruja!

—¿A que se queda sin postre?

Una discusión.

Intenté pasar de ella. Tenía muchas ganas de marcharme de allí. Lo que menos quería escuchar era una discusión entre Eulalia Ramos y el hombre de la voz rota.

Voz rota.

Cerré los ojos y me estremecí.

De pronto.

Por fin sabía qué relación tenía el maldito teléfono con todo aquello.

19

Regresé a la entrada. La señora Encarna estaba allí, junto a la puerta, apoyada en la pared. Parecía increíble que algo tan menudo pudiera ser tan resistente. Me pregunté cuantas horas, cuantos días, cuantas semanas y cuantos meses llevaba aquella mujer esperando a su hija Doro.

Y la verdad es que no quise saber la respuesta.

—Hola, señora Encarna —la saludé.

—Hola, señor —me sonrió—. Estoy esperando a mi hija.

—Lo sé, lo sé.

Sus ojos brillaron.

—Tiene cara de buena persona.

—Usted también —se lo agradecí.

—A mis años...

—No son tantos. Usted no es como los demás.

—¿Verdad que no? —se animó visiblemente—. Todos estos viejos... No sabe usted lo pesados que son, ¡todo el día quejándose de sus males! Si mi hija tuviera sitio en su casa, yo no estaría aquí.

—Claro, claro.

Observé su resistente lucidez, la fuerza interior, y le hice aquella pregunta:

—Usted se pasa todo el día aquí, señora Encarna.

—Sí, para recibir a mi hija —asintió firme—. No sea que ella —señaló la puerta ahora cerrada del despacho de Eulalia Ramos—, le diga que no estoy o que vuelva más tarde porque duermo. Mi Doro es una buena chica. Muy buena chica. Y ahora está muy bien, con un señor, sí, sí —bajó y subió la cabeza con rotundidad—, colocada y mucho mejor de lo suyo. Viene a verme mucho, pero ella —volvió a señalar la puerta—, no quiere que me vea. Es como una hiena. Por eso me quedo aquí.

—Así que controla a todo el mundo, quién sale, quien entra...

—Sí, pero a los demás no les visita nadie. No tienen mi suerte.

—¿Se acuerda de cosas?

—Tengo muy buena memoria.

—¿Vio al hombre que llegó hace unos días, el último huésped?

—Muy correcto y educado, sí. Pero se lo llevaron al día siguiente. Estaba enfermo, y vino la policía y mucha gente. Incluido usted.

—En efecto.

—Yo creo que ya no volverá —se puso triste—. Aquí, cuando alguien se pone enfermo y se lo llevan, ya no vuelve.

—¿Habló con él?

—No, no señor. Llegó y ella —vuelta a señalar el despacho— se lo enseñó todo. Después no volví a verle, ni siquiera a la hora de la televisión, que es cuando mi hija ya se ha marchado y descanso un rato.

—Y al día siguiente se lo llevaron.

—Sí, en camilla, enfermo.

—Sin embargo, ese hombre, hizo una llamada telefónica. Y tuvo que hacerla desde el despacho de la señora Ramos.

—Yo no le vi.

—Pues no tenía móvil, y me llamó a mí.

La señora Encarna me miró con ingravidez. Tal vez fuera demasiado complicado para ella.

—El día que llegó ese hombre, ella —nunca decía el nombre de la dueña de la residencia, sólo señalaba su puerta—, se peleó con el señor Agramunt por culpa del teléfono.

—¿El señor Agramunt?

—El quería llamar por teléfono, y ella se enfadó. Discutieron. Pero al final el señor Agramunt entró y llamó.

—¿Así que hubo una llamada?

—Sí.

—¿Fue la única persona que aquella tarde...?

—Sí.

—¿Estaba delante la señora Ramos cuando hizo esa llamada?

—No. La pelea fue más por eso que por la llamada. El señor Agramunt quería estar solo. Dijo que era privada. El señor Agramunt también es muy buena persona, ¿sabe usted? Lleva aquí mucho, y a el sí que no le visita nadie.

—¿Cuál es la habitación del señor Agramunt?

—Una de las del fondo, a la derecha.

Era todo. Casi me sentí aliviado. Le puse la mano derecha a ella en el hombro y se lo presioné. Sentí una extraña ternura.

—Le juro que encontraré a Doro y se la traeré, aunque sea a rastras.

—Oh, no hace falta —su cara se revistió de dulzuras—. Ella viene cada día a verme. Es muy buena.

Me sentí desarmado. Le acaricié la mejilla, me incliné y le di un beso. Se estremeció. Los ancianos son como esponjas. Nunca tienen bastante. Lo absorben todo con la desesperación de la edad y la avaricia de la necesidad.

Luego caminé por aquel pasillo, en busca de aquella puerta.

Y de una verdad que empezaba a ver muy clara.

20

Llamé a la madera y una voz me dijo:

—Pase.

Abrí la puerta. El anciano estaba escribiendo, inclinado hacia adelante, con la débil luz de una lamparita proyectando su haz sobre el papel. Me miró con ojos de inteligencia. Cansados, muy cansados, pero cargados de intención.

Y me reconoció.

Pude verlo en el fondo de las pupilas.

Cerré la puerta tras de mí, caminé dos pasos y me senté en la cama. El anciano dejó el bolígrafo sobre el papel. Pude ver la letra, menuda. Llevaba escritos un buen montón de folios. Con la única luz de la lamparita y la noche cayendo al otro lado de la ventana, la habitación tenía un tono espectral.

Y él parecía salido de una película muy, muy vieja, en blanco y negro.

—¿Prefiere que le llame Agramunt o... Lorenzo Valls?

El anciano no reaccionó, ni bien ni mal. Simplemente siguió mirándome, a los ojos, que es donde más duele porque en ellos somos transparentes.

Pasó una eternidad.

Luego suspiró.

—Sabía que daría con la verdad, señor Ros —fueron sus primeras palabras—. Aunque no creía que fuera tan rápido.

—¿Me llamó por esa razón, para que descubriera la historia y la escribiera?

—La historia se la estoy escribiendo yo —señaló las cuartillas—. Justamente estaba terminando ahora. Cuestión de una hora más o menos. ¿Ve?

Me mostró un sobre. Mi nombre estaba escrito en él.

—¿Por qué yo?

—Porque es un buen periodista y me gusta como escribe. ¿Le parece suficiente? A mis años ya no conozco a nadie. Cada día veo su nombre, lo que dice, lo que opina, y la forma que tiene de escribirlo. Uno toma referencias donde puede, y saca fuerzas de lo más nimio. Sólo se me ocurrió pensar en usted.

—¿Por qué no me lo contó desde el primer momento?

—Tenía que escribirlo.

—Por si yo no daba con la verdad.

—Además de eso.

Seguíamos mirándonos a los ojos, directamente. Pero por más que me esforzaba, no veía los de un asesino. En los suyos, además, lo que titilaba era tristeza.

Alguien que ha llegado al final del camino y lo sabe.

—¿Cómo ha dado conmigo? —preguntó él.

—El otro día no me telefoneó Juan Bárcenas, sino usted. La sobrina de Bárcenas me dijo que su tío tenía una voz muy peculiar, cascada, como la de Pepe Isbert. El hombre que me llamó a mí la tenía normal, cansada y vieja, pero normal. No me di cuenta del detalle al comienzo.

—No pensé en ello —asintió—. No sabía lo de su voz.

—Además está el candado del teléfono. Quien me llamó desde él tuvo que pedir permiso a la señora Eulalia. La señora Encarna me lo ha dicho.

—Buena mujer, la señora Encarna —sonrió Lorenzo Valls, aunque allí fuese conocido como señor Agramunt.

—¿Va a contarme por qué me llamó haciéndose pasar por Bárcenas... antes de matarle?

Se encogió de hombros como si fuera algo evidente.

—Pensé que querría saber por qué habían matado a un hombre que deseaba hablar con usted para contarle algo importante.

—Conoce la naturaleza humana —asentí.

—Los años te dan todas las llaves, justo cuando se te cierran todas las puertas —reflexionó en voz alta—. Quiero enseñarle...

Se levantó de la silla y fue hasta el armario arrastrando los pies. Caminaba con mucha dificultad. Lo abrió, sacó una caza de zapatos, la depositó en la mesa y rebuscó en el interior. Me tendió dos fotografías muy viejas. En una se veía a dos jóvenes, veintitantos, sonriendo, con los respectivos brazos pasados por encima de los hombros. En otra se veía a uno de ellos, con más años, treinta o así, del brazo de una mujer muy hermosa.

La misma mujer que había visto en casa de Bárcenas, con él y el niño.

—Juan y yo —dijo Lorenzo Valls—indicando la primera foto.

—¿Cuándo se conocieron?

—Fuimos juntos a la escuela, pasamos juntos la infancia en la guerra, trabajamos juntos y nos fuimos juntos a México, Argentina, Chile... Fue una buena época. La mejor. Dos amigos y el mundo por horizonte. Novias, aventuras, emociones. Jamás pudimos imaginar que un día tendríamos tanto, tanto odio....

—¿Fue por ella? —señalé la segunda fotografía.

—Sí, Sara —bajó la cabeza como si le pesara mucho—. Si la hubiese conocido...

—Era guapa.

—Era más que eso, señor Ros. Era... —los ojos le brillaron. Tantos años después y aún pude captar un océano de amor, dolor, pasión—. Pero cometimos el error de enamorarnos de ella, los dos.

—¿Y ella?

Fue incapaz de seguir de pie. Se sentó de nuevo.

—Sara me quería a mí. Íbamos a casarnos. Parecía una locura, ¡una Viladomiu! Pero no era ninguna locura. Juan en cambio sí se volvió loco. No pudo soportarlo. Sabía que su única oportunidad era apartarme a mí de en medio. Entonces me tendió aquella trampa, aquella sucia, vergonzosa y horrible... Mi mejor amigo, más que un hermano —se pasó una mano por los ojos—. Fui acusado de un robo que no cometí, ¿entiende, Ros? Un robo. Y todos creyeron que lo había hecho para darle algo a Sara, para que no pensara que se casaba con un muerto de hambre. Nadie creyó en mí. Juan dejó un rosario de pistas que me inculpaban. Era listo, siempre lo fue. Más que yo. Y estando Sara en juego... Urdió un plan perfecto del que no pude escapar, así que...

—Fue a la cárcel —recordé que en el periódico, al hablar de él, ponía "exconvicto".

—Varios años, sí —asintió Lorenzo Valls—. Pero eso no fue lo peor. Lo peor fue perder a Sara. Era lógico. Sin mí... quedaba Juan. Éramos tan parecidos. Ella siempre decía que con lo mejor de los dos podía hacerse el hombre ideal. Cuando salí de la cárcel se habían casado y tenían a David. El matrimonio perfecto, la vida perfecta. Y yo... ¿Yo qué? Nadie me creía, no tenía nada, pero sobre todo, no la tenía a ella. Entonces perdí la cabeza. Sí, la perdí, y el que se volvió loco fui yo. Estaba ciego de ira. Quise vengarme de Juan, y lo único que conseguí fue equivocarme y matarla a ella y a su hijo. Lo que más quería, ¿entiende? ¡Mi razón de ser y de vivir! ¡Yo la maté!

—Tuvo que ser duro

—Espantoso —revivirlo era como arder en su infierno—. El peor de los... Quise matarme en la cárcel y fallé. Luego, en el juicio, ni siquiera me defendí. No me importaba nada. Nada. Además, todo fue rápido y mi abogado era un inútil. No dejaron que el pasado volviera. Se juzgó el doble crimen y punto. Me condenaron a lo máximo y tiraron la llave. Yo quedé roto, pero me consta que Juan también. Los dos habíamos perdido.

—Cuarenta y tres años de odio.

—No sabe usted lo que une el odio, señor Ros. Más que el amor.

—¿Qué hizo al salir de la cárcel?

—Ya no quería saber nada, todo me daba igual. Era viejo y estaba agotado. Pensé que debía purgar mi pena más allá de la prisión por la misma razón que no volví a intentar quitarme la vida. Me fui de España, regresé a la Argentina, allí me convertí en Isaías Agramunt y pasé unos años en los que jamás, jamás, pude escapar de mis recuerdos, ni de Sara. Por eso hace unos meses decidí regresar para morir aquí, cerca de ella.

—Sin embargo, Juan Bárcenas lo encontró.

—Dicen que los viejos somos como niños, y es cierto. Los niños pueden llegar a ser muy crueles.

—¿Sabe cómo le localizó?

—No, ni me importa, pero tenía dinero y supongo que... ¡Bah!, ¿qué más da ya? Él me destrozó la vida a mí, y yo se la destrocé a él. Sea como sea, supo de mí, me encontró... El otro día, cuando le vi aparecer aquí, en la residencia, comprendí que venía a matarme. Punto final. Fingí no reconocerle. Entonces decidí todo esto, adelantarme. No quise dejar que lo hiciera, sin más, aunque me daba lo mismo morir. Quiero que por lo menos se sepa la verdad. Le llamé a usted, esa misma noche fui a su habitación para acabar con él antes de que él me matara a mí, rompí el cristal de la ventana para que pareciera que era alguien del exterior y empecé a escribir esto —señaló las cuartillas—. Sólo necesitaba dos o tres días.

—¿No pudo ser de otra forma?

—No, se trataba de él o de mí, y no quise morir sin gritar la verdad. Usted tenía que investigar por sentirse involucrado. Fue todo lo que se me ocurrió.

—¿Pero ahora sabe que he de llamar a la policía?

—No lo hará.

—¿Por qué?

—Juan quería matar a un muerto, señor Ros —sus ojos se hundieron tanto en los cuévanos que casi llegaron a desaparecer en aquella oscuridad—. En seis meses, tal vez antes, el cáncer se me habrá llevado.

Su dificultad para caminar, aquella impresión de derrota, la huella de lo inevitable suspendida sobre su alma. Creo que comprendí que probablemente no serían ni seis semanas.

—Señor Ros, por favor.

No supe qué decir. Me pedía casi la eutanasia. Por pasiva.

—No tengo nada que perder —musitó llegando al límite—. Seis meses, dos horas...

Se produjo un silencio muy frio.

Dos horas.

Miré mi reloj.

—¿Tendrá bastante? —quise saber.

—Sí —suspiró—. Esto ya casi está. Se lo dejaré en ese sobre, cerrado.

Dos horas.

No quise seguir allí. Los dos sabíamos que la suerte estaba echada, que yo aceptaría y que él, después de todo, terminaría de escribir su historia.

Me puse en pie.

No le estreché la mano. Ni siquiera sabía si me daba pena o... Lorenzo Valls y Juan Bárcenas habían sido amigos, los mejores, y después enemigos, los peores. Habían amado a la misma mujer hasta el paroxismo. Y eso sólo pueden entenderlo los que han sido capaces de amar así.

Llegué a la puerta.

—Hay algo más, señor Ros —me detuvo el anciano—. Esta residencia, es una tapadera, y la dueña, Eulalia Ramos, un buitre. Dígaselo a la policía y acabe con ella. Cuando usted le dijo que había recibido una llamada de Juan, hecha desde su teléfono, y se dio cuenta de que Juan no había sido, sino que había sido yo, le faltó tiempo para venir a verme y preguntar de qué iba la cosa, para chantajearme, pedirme lo que pudiera tener... Vaya por ella, se lo ruego.

—La policía está al tanto, descuide.

—Gracias —se sintió aliviado.

Nos miramos por última vez.

Dos horas.

No supe porque le dije aquello, pero lo cierto es que se lo dije:

—Descanse en paz.

Luego cerré la puerta.

Lo último que vi fue su agotada sonrisa de resignación.

21

Llegué a casa con la mente en blanco.

Subí, me desnudé, me di un baño, y después me senté en mi butaca favorita y me puse "A day in the life".

Los Beatles me relajaron, como siempre, aunque no podía dejar de ver a Lorenzo Valls en mi mente.

Escuché "A day in the life" tres veces.

Luego me quedé en silencio.

Cerré los ojos.

Vi a Lorenzo Valls terminando su historia, metiendo las hojas pulcramente escritas en aquel sobre dirigido a mí, cerrándolo y dejándolo sobre la mesa.

Y le vi levantarse, mirar por última vez la fotografía de Sara Viladomiu, sonreírla y besarla. Porque los años no importan cuando se trata del amor. Todo queda en la cabeza. Esa primera novia de los diecisiete años que nunca has vuelto a ver y con la que sueñas exactamente igual que entonces, porque en tu mente no envejece. Ese olor, ese beso, ese sabor, todos los recuerdos que llegan a ser tan vivos y reales y que te duelen igual que la primera vez que supiste que los acababas de perder.

Todo está ahí, dentro de cada cual.

El amor de Sara, por el cual Lorenzo y Juan habían llegado a matarse uno al otro.

Tanta pasión...

Seguí viendo al anciano al que había dejado en la Residencia Aurora.

Y me pregunté cómo lo haría.

¿Las venas? ¿Barbitúricos?...

Le vi morir de tantas formas que acabé abriendo los ojos aturdido.

Entonces me di cuenta de que, por sombroso que pareciera, habían pasado ya aquellas dos horas.

Me levanté, despacio, recogí el inalámbrico y salí a la terraza. La noche veraniega era tan hermosa que se me antojó imposible que el mal pudiera existir en alguna parte.

Extraña cosa el mal.

Marqué el número, esperé que alguien descolgara al otro lado y luego dije:

—Con el inspector Muntané, por favor. Es muy urgente. Dígale que se trata de un suicidio.

FIN

Otros libros de Daniel Ros

El asesinato de Johann Sebastian Bach

CUBA. La noche de la jinetera

El peso del silencio

Made in the USA
Monee, IL
27 August 2021

76694253R00080